folio
junior

Les aventures de Jenny B.

La Fabuleuse Histoire de Jenny B.

Un nouveau défi pour Jenny B.

Titre original : *Starring Tracy Beaker*
Publié initialement en Grande-Bretagne par Doubleday,
une filiale de Random House Children's Books, 2006

Jacqueline Wilson

Un rôle en or pour Jenny B.

Illustrations de Nick Sharratt

Traduit de l'anglais
par Vanessa Rubio

GALLIMARD JEUNESSE

Pour le personnel et les élèves
de l'école élémentaire Charles-Dickens.

Je m'appelle Jenny Bell. Retenez bien ce nom. Un jour, je serai célèbre.

J'habite dans un foyer pour enfants. On l'a surnommé la décharge publique. On nous a abandonnés là parce que personne ne veut de nous.

Non, n'importe quoi. Ma mère m'adore. C'est juste qu'elle est actrice et elle a tellement de boulot à Hollywood qu'elle ne peut pas s'occuper de moi. Mais elle va venir me voir à Noël. Sûr, sûr, sûr. Je le sais.

– C'est ça, elle viendra te voir la semaine des quatre jeudis, m'a fait Justine Petitbois. Ta mère a fichu le camp parce qu'elle ne veut pas d'une sale petite prétentieuse qui mouille son lit toutes les…

Elle n'a pas pu finir sa phrase car je me suis jetée sur elle. Je l'ai prise par les cheveux et j'ai tiré de toutes mes forces comme si je voulais arracher une touffe de mauvaises herbes.

J'ai atterri en chambre d'isolement. Je m'en fiche. Au moins, comme ça, j'ai le temps de méditer – un mot compliqué pour dire « penser ». J'ai énormément de vocabulaire. Ma voie est toute tracée : je serai écrivain. Un écrivain à succès, riche et célèbre, pas un pauvre gratte-papier comme Cam.

J'ai cogité (encore un mot compliqué pour dire « penser ») sur l'expression « semaine des quatre jeudis » – est-ce que ça signifie que ce serait tous les jours dimanche ?

Ce serait cool… Tous les jours, on pourrait traîner au lit, passer la matinée à regarder les dessins animés, et faire un repas du dimanche. Et surtout, on n'irait plus jamais à l'école. Mais ensuite, j'ai songé (troisième option pour dire « penser ») au très très mauvais côté du dimanche : beaucoup d'enfants de la décharge publique rentrent chez leurs parents.

Pas moi. Enfin, des fois, je vais chez Cam, c'est tout. Elle voudrait devenir ma famille d'accueil. Elle doit même suivre une formation pour obtenir l'agrément. C'est dingue. Je n'ai aucune confiance en mon éducatrice, Helen la Baleine. Je ne voudrais pas

qu'elle refroidisse Cam. Heureusement, Cam met des gros pulls et des chaussettes rayées tricotées main. On ne peut pas dire qu'elle soit très stylée. Disons qu'elle a un look passable. Mais, de toute façon, une mère adoptive, ça ne remplace pas une vraie maman. Surtout pas une superstar comme la mienne. Ce n'est pas sa faute si elle n'a pas pu me rendre visite, dernièrement. Elle a un planning de tournages tellement chargé qu'elle n'a même pas le temps de sauter dans un avion pour venir me voir entre deux films – et ça lui fend le cœur, je le sais.

Mais elle sera là pour Noël. Tu vas voir, Justine Presque-chauve-et-c'est-bien-fait Petitbois. Elle me l'a promis.

Elle devait venir cet été. On serait parties en vacances ensemble sur une île tropicale, pour passer nos journées sur une plage de sable fin, nager avec les dauphins dans la mer turquoise, siroter des cocktails dans notre hôtel dix étoiles…

Enfin bref, elle devait venir me prendre pour la journée. Tout était prévu. Helen la Baleine avait tout organisé, mais ma pauvre maman n'a pas pu se libérer. Elle a sûrement été invitée dans une émission de télé à la dernière minute. Ou alors un magazine du genre *Hello !* ou *OK !* l'a contactée pour une séance photo exclusive. Vous voyez, quoi.

Du coup, elle n'est pas venue et, au lieu de se montrer compréhensive, Helen s'est mise à la critiquer. Je l'ai entendue dire à Mary, une autre éducatrice de la décharge publique, que j'avais pleuré toutes les larmes de mon corps. Quelle menteuse ! Je ne pleure jamais. Il m'arrive parfois d'avoir une petite crise de rhume des foins, mais je ne pleure jamais.

J'étais mortifiée. J'aurais voulu lui faire avaler sa langue, à cette grosse baleine. Nous avons eu des mots. Assez grossiers pour ma part. J'ai fait comprendre à Helen qu'elle n'avait pas à parler d'une de ses clientes – c'est-à-dire moi – avec ses collègues et que j'avais bien envie de porter plainte contre elle.

J'étais indignée qu'elle ait osé tenir des propos diffamants sur ma mère. C'est une vraie star, à Hollywood, quand même ! Helen aurait pu montrer un peu plus de déférence à son égard, elle qui n'est qu'une misérable éducatrice.

Helen a laissé échapper un juron. Puis elle a dit qu'elle comprenait que je sois en colère. Que c'était plus facile pour moi de m'en prendre à elle alors que, en réalité, j'en voulais à ma mère de m'avoir une fois de plus laissée tomber. QUOI ??? Je n'en voulais absolument pas à ma mère. Ce n'est pas sa faute. Quand on est aussi célèbre, on est très demandé, normal.

– Ouais, alors pourquoi on ne l'a jamais vue dans aucun film ni aucune émission de télé, hein ? Et pourquoi elle n'est jamais en photo dans les magazines ? m'a demandé Justine Occupe-toi-de-tes-oignons Petitbois.

– Faut que tu te débouches les oreilles, Justine Petitbois. Ma mère est actrice à Hollywood. Tu sais, Hollywood, en Amérique ! Elle n'est pas connue ici mais, là-bas, c'est une superstar. Dès qu'elle met un pied dehors, les photographes la mitraillent et des hordes de fans se jettent sur elle pour avoir un autographe.

– Ouais, ouais, c'est ça. Elle signe des tonnes d'autographes mais elle se donne même pas la peine de t'écrire, a répliqué Justine Elle-va-la-fermer Petitbois.

Mais, ha ! ha ! je lui ai cloué le bec parce que ma mère m'a écrit, justement. Elle m'a envoyé une carte postale. Vrai de vrai.

Je l'ai accrochée au mur à côté de la photo où elle me tient dans ses bras quand j'étais encore un mignon petit bébé. Sur la carte, il y a un adorable nounours avec deux grosses larmes qui coulent sur ses joues en peluche et le mot « Pardon ! » en lettres pailletées.

Derrière, maman a écrit :

Désolée de ne pas avoir pu venir, Jenny.
T'en fais pas, ma poulette, on se voit bientôt.
À Noël peut-être ?
Bisous,

Maman.

Je connais le texte par cœur. J'ai même inventé une petite comptine que je chante tous les matins en me réveillant et tous les soirs en me couchant. Je la fredonne tout bas à l'école. Je la chante devant la télévision. Je la chante dans mon bain. Je la chante aux toilettes. Je dis même la ponctuation et tout et tout. Ça donne :

À Noël peut-être point d'interrogation. Bisous virgule. Maman point.

C'est très facile à retenir. Si ça se trouve, j'écrirai aussi des tubes quand je serai grande, en plus des best-sellers.

Et, bien entendu, je serai aussi actrice de cinéma comme ma mère. Je suis déjà une enfant star. D'ailleurs, le monde entier va bientôt pouvoir m'applaudir car je tiens le premier rôle dans une superproduction. Vrai de vrai.

Je joue dans la pièce de l'école, *Un chant de Noël.*

Jusque-là, je n'avais pas rencontré beaucoup de succès au cours des castings. Dans mes précédentes écoles, jamais on ne m'avait donné un rôle important. Par exemple, j'ai fait l'âne dans la crèche. J'étais un peu vexée de ne pas être Marie ou même l'ange Gabriel, mais comme un bon petit soldat, j'ai décidé de jouer mon rôle à fond.

J'ai beaucoup travaillé mes « *hi-han ! hi-han !* ». J'ai brait comme un troupeau d'ânes pendant tout le spectacle. Bon, d'accord, j'ai peut-être légèrement couvert les répliques de Marie et de l'ange Gabriel (sans parler de Joseph, de l'aubergiste, des trois Rois mages et des bergers). Mais les vrais ânes n'attendent pas poliment qu'on leur donne la parole, ils braient quand ils en ont envie. Et j'avais envie de braire constamment. Voilà.

On ne m'a plus jamais confié de rôle dans cette stupide école. Mais dans la nouvelle, ça va mieux. On a même un professeur d'arts plastiques et dramatique, Mlle Simpkins. Elle comprend les artistes.

Pour moi, quand on peint, il faut que ce soit expressif et, quand on joue une pièce, il faut que ce soit théâtral. Elle a admiré ma représentation hautement artistique de Justine Petitbois dévorée par des lions, des tigres et des ours.

– Tu es une petite fille pleine de vie et d'imagination, Jenny, a-t-elle commenté.

Le compliment ne m'a pas transportée de joie. Je sais très bien que c'est le genre de discours que sortent les éducateurs pour redonner confiance à un gamin ou essayer de le vendre à une famille d'accueil potentielle. « Pleine de vie et d'imagination », traduisez : « Jamais à court d'idées pour faire les pires bêtises ». Moi ? Hum, peut-être bien.

Je me suis justement un peu laissé emporter par ma fameuse imagination pendant l'audition d'*Un chant de Noël*. Je ne connaissais pas très bien l'histoire. C'est tellement long et j'ai tellement de choses à faire, je n'ai pas le temps de lire ce genre de bouquin rasoir. Mlle Simpkins nous a fait un petit résumé. Je commençais à m'agiter et à bâiller parce que ça me semblait vieillot et ennuyeux comme tout, mais soudain j'ai tendu l'oreille quand elle a parlé de fantômes.

– Je peux faire le fantôme, mademoiselle ? Je suis très douée pour effrayer les gens ! Regardez, regardez, voilà un fantôme sans tête !

J'ai caché ma tête dans mon pull et levé mes grosses pattes griffues en faisant :

- Hou, hou !

Ce pleurnichard de Peter Ring s'est caché sous son bureau en hurlant de peur.

– Vous voyez, je suis très convaincante, hein ! En plus, je sais faire des tas de fantômes différents. Le spectre classique sous son grand drap blanc ou celui qui gémit en remuant ses chaînes… Ou alors, je pourrais me maquiller tout en gris et jouer un esprit qui se faufile sans bruit pour sauter sur les gens !

J'ai sauté sur Peter juste au moment où il sortait de

sous son bureau. Il est rentré dessous en criant et s'est cogné la tête.

– Hum, tu te mets effectivement très vite dans la peau du personnage, a constaté Mlle Simpkins en se penchant pour frotter le crâne du pleurnichard et le consoler. Voyons, Peter, rassure-toi. Ce n'est pas un vrai fantôme, c'est Jenny Bell.

– Elle me fait peur, même si c'est mon amie.

J'aimerais bien qu'il arrête de raconter à tout le monde qu'on est amis, ce petit crétin. C'est affreusement embarrassant. Je ne voudrais pas qu'on pense qu'il est mon seul ami. J'en ai des tas et des tas. Enfin… Louise n'est plus ma meilleure amie. Elle a complètement changé depuis qu'elle est devenue copine avec Justine La-plaie Petitbois. Et dans ma classe, il n'y a personne qui réponde à mes hautes exigences en matière d'amitié.

Hé, si ! J'en ai une, de meilleure amie ! C'est Cam ! Elle vient me voir tous les samedis. Bien sûr, elle n'est pas aussi belle, glamour et géniale que ma mère. Mais, des fois, on s'amuse bien. Alors, c'est ma meilleure amie. Et on n'a qu'à dire que Mlle Simpkins est ma meilleure amie à l'école.

Peter est juste mon ami à la décharge publique. Surtout la nuit, quand il n'y a personne d'autre dans les parages.

Il devait d'ailleurs être en train de penser à nos petits rendez-vous nocturnes également, parce qu'il a murmuré, tout tremblant :

– Tu vas pas faire le fantôme, ce soir, Jenny, hein ? Promis promis promis ?

– Ah, désolée, mais je ne peux pas te l'assurer, Peter, ai-je répliqué. En tant que fille d'une célèbre star d'Hollywood, je prends tout ça très au sérieux. Je risque de devoir jouer les fantômes en permanence pour mieux m'approprier le personnage.

– Dans ce cas, peut-être vaudrait-il mieux te proposer un autre rôle, Jenny, a suggéré Mlle Simpkins.

– Oh, non, je vous en prie, je veux jouer le fantôme ! ai-je supplié.

En fait, dans les personnages principaux de la pièce, il y a quatre fantômes, plus une cohorte de spectres divers et variés.

D'abord, il y a l'esprit des Noëls passés.

– Je peux faire l'esprit des Noëls passés, s'il vous plaît, mademoiselle Simpkins ?

– Non, Jenny, pour ce rôle, il me faut une fille blonde aux cheveux longs, a-t-elle affirmé.

Et elle a choisi Louise !

– Maintenant, l'esprit du Noël présent, a-t-elle annoncé.

– Je peux le faire, s'il vous plaît ?

– Non, Jenny, pour ce rôle, il me faut un gars costaud.

Elle a choisi ce gros tas de Freddy.

– Et puis l'esprit des Noëls à venir.

– Je croyais que Charles Dickens était un bon auteur. Il se répète un peu, non ? Enfin, je peux faire l'esprit des Noëls à venir ?

– Non, Jenny. Pour ce rôle, il me faut quelqu'un de très grand.

Elle a choisi Philip, un crétin qui n'effraierait même pas un moucheron dans un cimetière.

– Et enfin le dernier des principaux fantômes, celui de Marley, a repris Mlle Simpkins. Il hurle en faisant cliqueter ses chaînes.

– Oooh, je suis super douée pour faire du boucan, vous le savez bien, mademoiselle ! Je peux faire le fantôme de Marley, s'il vous plaît ? ai-je supplié.

– Ça pourrait être une idée, Jenny, mais j'ai peur que, emportée par le rôle, tu sois un peu trop bruyante, justement, a-t-elle répliqué.

Elle a choisi Justine Aussi-expressive-qu'une-bûche Petitbois, qui n'a jamais fait cliqueter une chaîne de sa vie, je suis sûre. C'est qu'une pleurni-

cheuse, incapable de pousser un bon vieux hurlement de fantôme !

J'étais sérieusement furax après Mlle Simpkins. J'ai décidé que ce n'était plus mon amie. Et que je ne voulais plus jouer dans sa stupide pièce puisqu'elle ne m'avait pas donné un bon rôle. Pas question que je fasse l'un des fantômes secondaires qui n'ont même pas de nom ou même un autre personnage – comme ces imbéciles de Cratchit et de Fezziwig.

Je lui ai donc tourné le dos et je me suis mise à fredonner une petite chanson de Noël entre mes dents… en adaptant un peu les paroles.

Vive le vent, vive le vent, Simpkins est trop nulle !

Oh, ça craint de devoir jouer dans sa pièce de Noël, ouais !

– Bien, il ne reste plus qu'un rôle, a-t-elle annoncé. Tu m'écoutes, Jenny ?

J'ai haussé les épaules, complètement affalée sur ma chaise, pour bien lui montrer que je n'en avais rien à faire.

– Prenons ça pour un oui, a-t-elle poursuivi avec entrain. Donc, il ne reste plus que le rôle de ce vieux grincheux d'Ebenezer Scrooge. Un choix délicat. C'est le héros de l'histoire. Le premier rôle, le personnage principal. Il me faut un acteur chevronné qu'un grand rôle n'effraie pas. Quelqu'un qui puisse incarner un vieil homme irascible, méchant, avare et qui reste crédible lorsqu'il se repent et se métamorphose, pour devenir adorable. Je me demande si…

Je me suis redressée, pleine d'espoir. Elle ne voulait quand même pas…

– Jenny Bell, tu vas faire Scrooge !

– Ouais ! ai-je crié en sautillant sur ma chaise comme si j'étais montée sur ressorts.

– C'est ridicule, mademoiselle ! a objecté Justine Faut-toujours-qu'elle-la-ramène Petitbois. Jenny ne peut pas jouer Scrooge. Pourquoi aurait-elle le rôle principal ? Elle passe son temps à faire l'andouille et elle est incapable de travailler sérieusement. Faut pas qu'elle joue dans la pièce, elle va tout faire rater !

– Et toi, t'as raté une occasion de te taire, tu vas le regretter, ai-je marmonné.

J'ai bondi de ma chaise.

– Je serai tout ce qu'il y a de plus sérieuse, mademoiselle Simpkins, ai-je promis. Vous pouvez compter sur moi. Et ce ne serait pas étonnant que je me révèle une fabuleuse actrice vu que ma mère est une superstar d'Hollywood, qui enchaîne film sur film.

– Tu parles ! a ricané Louise.

– Le seul genre de film dans lequel elle pourrait jouer, c'est un film cochon ! a affirmé Justine Salementeuse Petitbois.

J'ai serré les poings. J'avais très envie de lui écraser son gros groin, mais je savais qu'elle essayait de me pousser à bout pour que je sois punie et que Mlle Simpkins me retire le rôle de Scrooge. Alors, je me suis contentée de hausser les sourcils en soufflant que son père, lui, pourrait jouer dans un film d'horreur.

Puis je lui ai tourné le dos et j'ai souri à la prof.

– Comme j'ai le plus grand rôle, ce serait bien que j'aie tout de suite mon texte pour commencer à l'apprendre, mademoiselle, ai-je suggéré. Je pense qu'il faudrait même me dispenser de maths et de tous les autres cours ennuyeux pour que je puisse me consacrer entièrement à mon rôle.

– Bien essayé, Jenny, mais je n'ai pas ce pouvoir, a répondu Mlle Simpkins. Il va falloir que tu apprennes ton texte sur ton temps libre.

En fait, j'ai surtout pris sur le temps libre des autres. Particulièrement sur celui de Cam. Elle a dû passer deux samedis entiers à me donner la réplique pendant que je grommelais et ronchonnais comme tout bon Scrooge qui se respecte. Au début, elle se donnait à fond, elle essayait de prendre une voix bizarre pour chacun des fantômes et elle zozotait pour Tiny Tim – ce qui était très agaçant.

– Hé, c'est moi, l'actrice, pas toi, ai-je protesté. Contente-toi de lire le texte.

– Hé, c'est moi, l'adulte, pas toi. C'est moi qui suis censée te dire quoi faire, a-t-elle répliqué en me donnant une tape sur la tête avec le texte. Oh, mince, j'avais oublié. J'ai affaire à Jenny Bell, la grande chef de tout l'univers !

– Exactement, Cam. Tu as tout compris ! Bon,

cette histoire de cochon de lait et de saucisses m'a ouvert l'appétit. On pourrait pas faire un saut au McDo ?

Je ne me suis pas contentée de harceler Cam avec mon texte. J'ai aussi demandé à Mike et à Mary, les éducs de la décharge publique, de m'aider.

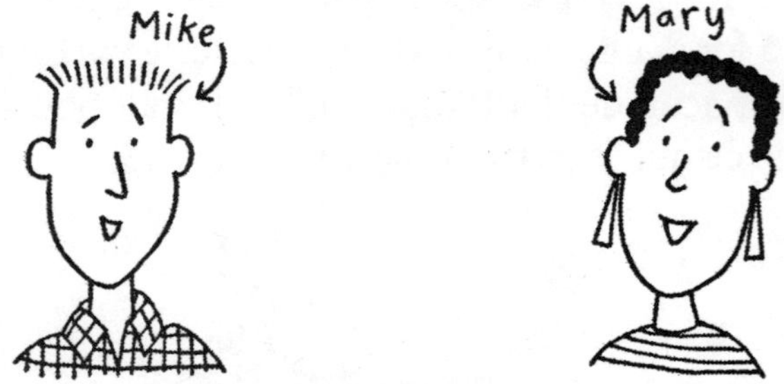

Mais, manque de chance, ils ont proposé à Justine La-grosse-nulle Petitbois, à Louise et à ce pleurnichard de Peter de participer à nos petites répétitions.

– Ça ne va pas ! ai-je râlé. Je n'arrive pas à me concentrer avec toute cette foule autour de moi ! Qu'ils aillent au diable !

– Mais ils jouent aussi dans la pièce, Jenny. Il n'y a pas que toi qui as un texte à apprendre ! a fait valoir Mary.

– C'est encore mieux de répéter tous ensemble, a affirmé Mike. Arrête de jouer les stars, Jenny.

– Je joue les stars parce que je suis une star. J'ai le premier rôle, je te rappelle !

J'ai même envisagé de recruter Helen la Baleine pour m'aider. Comme elle nous encourage sans cesse, nous les pauvres gamins de l'Aide sociale à l'enfance, à exprimer nos émotions et à faire du psychodrame, je me disais qu'elle aurait peut-être deux ou trois trucs utiles à m'apprendre.

Là, je délirais. Comme si cette grosse baleine pouvait être utile à quoi que ce soit. Surtout que Noël, Helen y croit à fond. Avec son serre-tête bois de renne frétillant au sommet de son crâne, son gros nez de clown, son pull rouge et sa jupe moulante

vert sapin, elle tentait de noëliser notre misérable décharge à coups de guirlandes en crépon et de papier brillant, en chantonnant *Mon beau sapin.*

Ma belle Helen, reine des éducs,
*Que tu as un gros ***-euh !*
Tu es si grosse, tu es si grasse,
Qu'tout l'monde s'écarte pour t'laisser la place, ai-je fredonné dans ma barbe.

Ma barbe ne doit pas être assez épaisse parce que c'est arrivé aux oreilles d'Helen et ça l'a énervée. Elle m'a sorti son petit discours sur l'insolence, l'impertinence et les remarques désobligeantes sur l'apparence d'autrui qui peuvent être fort blessantes. Je commençais à regretter d'avoir été méchante. J'envisageais même de lui présenter des excuses. Ce n'est pas sa faute si elle a de grosses fesses, après tout.

Elle m'a dit qu'elle comprenait que je sois stressée de jouer un rôle aussi important dans la pièce de l'école alors que je n'ai pas l'habitude de m'impliquer dans quoi que ce soit ni d'assumer la moindre responsabilité.

Ça m'a passé l'envie de m'excuser. J'étais trop contente de l'entendre demander à Mary :

– Dis-moi, sincèrement, tu trouves que cette nouvelle jupe me fait un gros… derrière ?

Du coup, j'ai décidé de ne compter que sur moi-même et d'apprendre mon texte toute seule pour leur montrer de quoi j'étais capable. La journée, tout allait à merveille mais, la nuit, c'était moins simple. Je n'arrêtais pas de faire des rêves bizarres où je me retrouvais plantée au milieu de la scène, gobant l'air comme un poisson rouge, mais incapable d'articuler un mot. Pas le moindre son ne sortait. Le public commençait à s'impatienter, à me bombarder de fruits pourris. Une pomme truffée d'asticots se coinçait dans ma bouche, si bien que j'avais l'air du cochon de lait de l'esprit du Noël présent. Et ils

m'embrochaient pour me faire rôtir. Comme je hurlais que ça me brûlait, ils me lançaient des seaux d'eau. Plein, plein d'eau… Et, quand je me suis réveillée, mon lit était complètement trempé et j'ai dû faire un raid nocturne jusqu'au placard à linge.

J'y ai croisé ce pleurnichard de Peter, lui aussi en mission « changement de draps ». Et en larmes. Comme vous le savez, je ne pleure jamais. Il m'arrive parfois d'avoir une crise de rhume des foins, mais il s'agit d'un problème strictement médical, pas d'une question d'émotivité.

– Pourquoi tu pleurniches, gros bébé ?

– J'ai peur de me ridiculiser dans la pièce de Noël, a-t-il sangloté. Je n'avais pas envie de faire Tiny Tim. Je ne sais pas jouer. Je ne me rappelle jamais ce que je dois dire ni sur quelle jambe je suis censé boiter, et ce sera encore pire devant une salle pleine. Pour toi, c'est facile, Jenny. Tu n'as peur de rien et tu adores que tout le monde te regarde. Tu es une actrice-née !

– Arrête ! À t'entendre, on dirait que je me la joue sans arrêt !

– Ben, c'est vrai.

– D'accord, mais pas la peine de le faire remarquer.

– J'adorerais me la jouer comme toi, a avoué Peter. Tu pourrais me montrer comment tu fais, Jenny ? Tu as un truc ?

– Non, c'est dans ma nature, Peter. Tout simplement. Je suis née en me la jouant. Quand je suis sortie du ventre de ma mère, j'ai dit : « Salut, mon pote »

au docteur. Puis j'ai fait un saut périlleux, je me suis levée sur mes petits pieds et j'ai dansé le french cancan sur la table de travail.

J'ai cherché le visage de Peter à tâtons. Il avait la bouche ouverte. Je l'ai refermée doucement.

– Je plaisante ! Bon, je vais te faire une faveur, Peter. On va travailler nos scènes ensemble.

Et à compter de ce jour, nous nous sommes retrouvés pour nos petites répétitions nocturnes. Peter a rapidement su son texte par cœur, parce qu'il n'avait que quelques lignes à apprendre. Franchement, ce n'est pas sorcier de mémoriser « Dieu nous bénisse tous », bon Dieu ! Mais il avait beau savoir le texte, il n'arrivait pas à jouer la scène. Il se contentait de marmonner sans y mettre aucune intonation.

– Bon, d'accord, tu n'es franchement pas doué pour le théâtre, Peter, ai-je admis. Oh, arrête, ne me fais pas le coup des larmes. Ce n'est pas pour être méchante, c'est la vérité. Mais ne t'en fais pas, je vais t'aider. Il faut que tu t'imprègnes du personnage. Imagine que tu es un pauvre petit gamin maigrichon et boiteux. Ce n'est pas si difficile que ça, quand même. On dirait que ce rôle a été écrit pour toi !

– Mais moi, je ne boite pas, a protesté ce prétentieux de Peter.

– Je peux t'arranger ça, si tu veux, ai-je proposé. Bon, même si tu n'as pas été gâté par la nature, tu es un bon p'tit gars, le chouchou de la famille. Ton père t'adore.

– Si seulement ça pouvait être vrai, a-t-il soupiré d'un ton sinistre.

– Ouais, tu l'as dit, ai-je renchéri.

Nous nous sommes blottis l'un contre l'autre sous la couverture.

– Y a même personne pour venir me voir jouer dans la pièce, a-t-il repris. Enfin, ça vaut peut-être mieux, vu comme je suis nul.

– Mais non, tu n'es pas nul. Tu vas super assurer grâce à ton super coach Jenny Bell. Ouais, c'est triste que personne ne vienne te voir. T'en fais pas, je dirai à ma mère de te faire signe.

– Ta mère va venir ? s'est étonné Peter.

– Ouaip, elle vient pour Noël, elle me l'a promis. Elle doit mourir d'envie de me voir sur scène pour savoir si j'ai hérité de son talent de comédienne. Moi, je peux te dire que oui. Je lui ai envoyé une lettre pour lui parler de la pièce.

Je lui avais même écrit plusieurs fois. En fait, je lui écrivais tous les jours et je donnais la lettre à poster à Mary.

Chère maman,

J'ai hâte de te voir à Noël (tu m'as promis, tu te souviens ?). Peux-tu venir une semaine plus tôt pour assister à la pièce de l'école où je tiens le premier rôle ? Je joue Scrooge, un vieux bonhomme grincheux, et je suis très douée. Une vraie STAR, comme ma maman.

Plein plein plein de bisous de ta joyeuse petite fille !

Jenny

– Je sais à quel point tu as envie de voir ta maman, Jenny, mais ne te fais pas trop d'idées, m'a conseillé Helen.

– Elle va venir, elle me l'a dit dans sa carte. Elle me l'a promis… enfin presque.

– Tu as très très envie qu'elle vienne, je sais, mais les rêves ne se réalisent pas toujours.

Je me demande à quoi ça sert d'avoir une éducatrice. Je préférerais une marraine la fée qui me dirait : « Tu veux que ta maman vienne te voir ? D'accord, Jenny, pas de problème. »

Elle agiterait sa baguette et *hop !* ma mère apparaîtrait, tout de rose vêtue, poudrée, parfumée, parfaite, les bras grands ouverts pour me serrer très fort.

Mais je n'ai pas de marraine la fée. Je ne peux compter que sur moi-même.

Le samedi suivant, Cam m'a rendu visite à la décharge publique, comme d'habitude. On a revu la pièce vite fait – et quand je dis vite, je veux dire à la vitesse grand V. J'ai débité mon texte comme si j'étais sur « avance rapide ». J'ai sauté quelques passages mais, lorsque Cam me l'a fait remarquer, j'ai répliqué :

– Ouais, bah, tant pis, maintenant j'en suis plus loin.

Et je suis repassée en mode « mille mots à la seconde ».

On est arrivées au bout de la pièce en vingt minutes chrono.

– Super ! me suis-je exclamée. On a fini de répéter. Allez, on va se promener ?

– Ah, ah ! l'appel du McDonald's ? a supposé Cam.

– Non. Enfin, si, je meurs de faim, mais j'ai envie

d'aller faire les boutiques. J'ai quelques cadeaux à acheter.

Au mois de décembre, Mary nous donne de l'argent de poche pour nos courses de Noël. Elle accompagne les plus petits pour les aider à choisir, sinon ils dépensent tout en bonbons. Nous, les plus grands, on se paie généralement quelques friandises aussi mais, cette fois, je voulais garder tout mon argent pour les cadeaux. J'avais déjà ma petite idée.

– D'accord, je vais en profiter pour faire mes achats de Noël aussi, a annoncé Cam.

– Ouais ! Qu'est-ce que tu vas m'offrir, Cam ? ai-je demandé, temporairement distraite de ma mission. J'ai besoin d'un nouveau jean. De marque, bien entendu. J'aimerais aussi un blouson à capuche avec de la fourrure, c'est trop cool. Et j'ai vu un super petit kart à moteur qui serait génial pour faire des tours dans le jardin de la décharge publique. *Vroum, vroum !* Oh, désolée, Justine, je t'ai roulé sur le pied ?

– Jenny, je n'ai pas les moyens de t'acheter une boîte d'allumettes à moteur, en ce moment. Je suis complètement fauchée. Il faut que tu sois philosophe. Tu sais ce qu'on dit : c'est l'intention qui compte.

– Quoi ? ai-je hurlé. Tu ne veux pas m'offrir de cadeaux de Noël ? Quelle radine ! C'est toi qui devrais jouer Scrooge à ma place. Sérieusement, Cam. Prends ton courage à deux mains et écris-nous un bon gros best-seller ! Un truc qu'Hollywood t'achètera un million de dollars pour en faire un film. Comme ça, ma mère et moi, on pourra jouer dedans.

– Tu peux toujours rêver, ma puce. Je crois que je ne serai jamais un auteur à succès, a-t-elle soupiré.

– Il faut po-si-ti-ver, Cam ! Il n'y a que toi qui puisses réaliser tes rêves !

C'était justement ce que j'avais l'intention de faire.

Au centre commercial, je suis entrée dans une parfumerie pour acheter du maquillage.

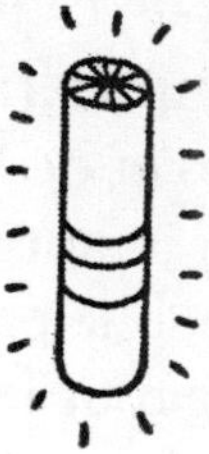

– C'est quoi, la meilleure marque ? ai-je demandé.

Cam a secoué la tête.

– Aucune idée, Jenny. Je ne me maquille presque pas. Moi, j'achète le moins cher.

– C'est un cadeau pour ma mère. Je veux le meilleur rouge à lèvres, le plus cher, le plus chic, le plus beau !

J'en ai essayé plusieurs sur mes poignets : on aurait dit un Indien sur le sentier de la guerre.

Et, finalement, j'ai choisi un magnifique rose nacré.

Cam pensait que c'était bon.

– Non, non, maintenant, il me faut de la crème pour les mains !

Tandis que je reniflais tous les tubes afin de comparer leur parfum, elle a commencé à s'impatienter.

– Je ne suis pas sûre que Mary apprécie ces traces de gras sur ta jupe.

Bah, il fallait bien que je m'essuie quelque part parce que, à force de tester les crèmes, j'avais les paumes toutes poisseuses.

– Allez, viens, Jenny. On va à la librairie, maintenant.

– Non, non, je dois encore trouver un cadeau pour maman. Il faut que j'aille dans une bijouterie.

– Mais tu as déjà un rouge à lèvres et de la crème pour les mains, a fait valoir Cam en jetant un coup d'œil dans mon porte-monnaie. N'oublie pas que tu es censée acheter des cadeaux pour tout le monde avec cet argent.

Sauf que je n'avais pas envie d'acheter des cadeaux pour tout le monde. Je ne voulais rien acheter pour personne, à part pour ma mère.

J'ai traîné Cam dans une superbe boutique chic mais, quand j'ai vu le prix de la moindre petite bague, j'ai dû faire marche arrière en soupirant.

– Ce sont de vraies pierres précieuses, Jenny. Tout cet or, tous ces diamants, c'est un peu trop voyant. Les bijoux fantaisie, c'est beaucoup plus joli, je trouve, a-t-elle affirmé.

– Bon, d'accord. Où ça s'achète, les bijoux fantaisie ?

Elle m'a emmenée au rez-de-chaussée, dans un immense magasin où il y avait plein de colliers, de boucles d'oreilles et tout et tout sur des présentoirs en verre. Et là, je suis tombée en admiration devant un pendentif rose, en forme de cœur, sur un ruban rouge foncé. Il était ma-gni-fique. Je l'imaginais déjà au cou de ma mère. Il était affreusement cher, pour un bijou fantaisie. Alors, j'ai sorti tous les sous que j'avais dans mon porte-monnaie pour les compter. Je pouvais l'acheter et il me resterait même un petit billet pour mon dernier cadeau.

– Tu es sûre, Jenny ? Je crois que ta mère sera déjà très contente avec le rouge à lèvres. Ou la crème pour les mains.

– Maman aime être couverte de cadeaux, ai-je répliqué. Je sais ce que je fais, Cam.

Par contre, je ne savais pas trop comment j'allais me débrouiller pour les cadeaux des autres. Bon, de toute façon, je ne parlais plus à Louise depuis qu'elle s'était acoquinée avec Justine L'abominable-voleuse-de-copines Petitbois, alors je n'avais pas besoin de lui acheter quoi que ce soit.

Il y avait Mary et Mike, mais ils étaient du genre à se contenter d'un collier de nouilles fait main. Et j'étais sûre que Mlle Simpkins aussi. Pareil pour Cam. Elle m'avait bien dit que c'était l'intention qui comptait, non ? Et elle m'avait fait expressément comprendre qu'elle ne pourrait pratiquement rien m'acheter. Si je lui offrais un cadeau trop luxueux, elle risquait d'être affreusement gênée.

Il ne restait donc que Peter la mauviette. Je pouvais sûrement lui refourguer un truc à moi dont je voulais me débarrasser – par exemple, mon portefeuille en cuir qui ne fermait plus, ma boule à neige qui fuyait ou mon bouquin de *Narnia* qui avait été un peu mouillé parce que je l'avais lu dans mon bain.

J'ai poussé un soupir de soulagement. La question des cadeaux de Noël était réglée. Je n'avais plus qu'un dernier présent à acheter.

– Viens, Cam. Il faut que j'aille dans une librairie, ai-je décrété en la tirant par la manche.

Elle contemplait un collier de perles absolument sans intérêt.

– Ah, enfin ! s'est-elle exclamée. Mais attends une minute. Regarde ce rang de perles avec le fermoir en strass, comment tu le trouves ? Tout le présentoir est à moitié prix.

– Enfin, Cam, ce n'est pas du tout ton style !

– Pas pour moi, andouille.

Je l'ai dévisagée, les yeux écarquillés.

– Écoute, Cam, c'est très gentil de ta part, mais ce n'est pas mon style non plus.

Elle a pouffé.

– Ça, c'est sûr ! Mais non, Jenny, pas pour toi. Pour ma mère.

– Ah. Oui… Elle est plutôt chic, ta mère, non ?

– Affreusement chic, oui. Tout à fait le style à porter des perles. Mais de vraies perles. Si je lui offre du toc, elle va me regarder de travers.

– Ben, prends-lui des vraies, alors.

– Ne dis pas de bêtises, Jenny. Je n'ai pas les moyens. Je peux à peine lui acheter des fausses, même à moitié prix. Tu sais, dans l'esprit de ma mère, je suis une fille en toc. Je l'ai déçue, elle aurait voulu que je sois belle, riche et intelligente, avec un mari parfait et un super boulot.

Je ne voyais pas bien où elle voulait en venir, alors j'ai marmonné :

– Mm, ben, tu pourrais quand même faire un effort.

– Mais je ne veux pas ! a-t-elle protesté. Je veux rester moi-même. C'est difficile de ne pas se laisser embobiner par ma mère. Argh, j'angoisse déjà à l'idée de passer Noël avec mes parents.

– Quoi ? Tu angoisses à l'idée de passer Noël avec tes parents ? ai-je répété lentement.

Cam a détaché son regard du collier de perles pour se tourner vers moi.

– Oh, Jenny. Excuse-moi. Quel manque de tact de dire ça devant toi ! Je sais que tu rêves de passer Noël avec ta mère.

– Et je vais passer Noël avec elle, ai-je affirmé avec véhémence.

– Oui, ce serait vraiment formidable, mais n'oublie pas que ta mère risque d'avoir autre chose de prévu… d'être retenue… ou en voyage.

– Non, elle sera là. Elle va venir me voir jouer *Un chant de Noël*. Et elle restera quelques jours. Elle m'emmènera dans un palace et on passera Noël là-bas. Ouais, ce sera génial. On dormira dans un grand lit et on prendra notre douche dans une super cabine à jets et on nous servira un méga petit déjeuner dans notre chambre. Je pourrai manger tout ce dont j'ai

envie. J'aurai le droit de mettre six cuillères de sucre dans mes céréales et d'engloutir vingt saucisses d'affilée et je commanderai des trucs carrés avec du sucre dessus, là…

– Des gaufres ?

– Ouais, j'engouffrerai une gaufre ! ai-je décrété alors que nous quittions le magasin pour aller à la librairie. J'engouffrerai six gaufres et je boirai un chocolat chaud avec de la crème Chantilly dessus et puis après j'ouvrirai mes cadeaux. Et ma mère m'aura acheté des tonnes et des tonnes de trucs : un placard rempli de vêtements de marque, assez de chaussures et de baskets pour chausser un mille-pattes géant…

– Et un kart à moteur ? Non, pardon, un bataillon de karts à moteur ?

– Ouaip, et des vélos et des scooters et un trampoline rien que pour moi, comme ça, je pourrai sauter si haut que je volerai dans le ciel et les gens lèveront la tête en se demandant : « C'est un oiseau ? Un avion ? Superman ? C'est le père Noël ? Non, c'est la géniale et belle Jenny Bell ! »

J'ai sautillé sur place pour lui montrer. J'ai malencontreusement atterri sur son pied. Cam a poussé un petit cri, mais elle n'a pas fait d'histoires.

Nous avons continué ce petit jeu jusqu'à la librairie. Enfin, ce n'était pas vraiment un jeu. Je savais que tout ça allait se réaliser, même si j'avais un peu embelli les choses. J'ai une légère tendance à l'exagération. Ce qui veut dire que je me laisse emporter

par mon imagination et que je raconte des mensonges gros comme moi. Mais ils me semblent tellement réels que je finis par y croire aussi.

Cam était ravie de se retrouver dans une librairie. Elle caressait les longues rangées de livres de poche du bout du doigt.

– Je vais me balader un peu, a-t-elle annoncé. Le rayon jeunesse est dans le coin, là-bas, Jenny.

– Mais je ne veux pas voir les bouquins pour enfants, ai-je répliqué d'un ton hautain. Je cherche le rayon des classiques.

– Ah bon ? Tu as envie de feuilleter *Guerre et Paix* ?

– Mm, pas mal, comme titre. Si j'écrivais la véritable histoire de ma vie à la décharge publique, j'intitulerais mon livre *Guerre, guerre et re-guerre*. Non, je souhaite me plonger dans les œuvres complètes de ce cher Charles Dickens.

Ça lui a cloué le bec. Mais je ne plaisantais pas. Je

voulais acheter *Un chant de Noël.* J'ai trouvé une très belle édition de poche à 4,99 £. Il ne me restait qu'un penny. Je ne l'ai pas remis dans mon porte-monnaie. J'ai décidé de le jeter dans la fontaine qui est à côté du grand sapin de Noël du centre commercial en faisant un vœu. J'avais bien besoin d'un petit coup de pouce magique.

Cam était encore au rayon romans, le nez dans un bouquin, l'air envieux. Je savais qu'elle ne pouvait pas se payer autant de livres qu'elle le souhaitait. Il lui arrivait de passer un quart d'heure dans le magasin à lire un roman avant de le reposer à regret. Elle m'avait raconté qu'une fois elle avait même marqué sa page avec un ticket de bus pour pouvoir la retrouver le lendemain – et le surlendemain et ainsi de suite, jusqu'à la fin de l'histoire.

J'ai soudain regretté de ne pas avoir gardé un peu d'argent pour lui acheter un livre de poche. Je tripotais ma dernière pièce, mal à l'aise. Je n'arrêtais pas de la lancer en l'air puis de la rattraper, en m'entraînant pour mon vœu. Mais je l'ai fait tomber et elle a

roulé derrière une étagère. J'ai couru après et j'ai failli me cogner dans le panneau « Corps – Âme – Spiritualité ».

En ramassant ma pièce, j'ai aperçu des rangées de bouquins sur les signes astrologiques et le karma. Mon regard s'est arrêté sur un titre en lettres argentées : *Pour que vos rêves deviennent réalité.*

J'ai saisi le livre d'une main tremblante. C'était un petit ouvrage, écrit par une certaine Grizelda de Luna, sorcière blanche. Pas mal ! Et si je devenais Jenny de Luna, sorcière affreusement noire ? Dès que j'aurais appris à jeter des sorts, je ferais cracher des crapauds à cette peste de Justine Je-te-pique-tes-amis Petitbois.

J'ai ouvert le bouquin et je l'ai feuilleté. Il s'agissait d'un véritable manuel de sorcellerie avec des formules magiques et des potions ! Je n'ai pas trouvé le sort « Crache-crapaud pour votre pire ennemi »,

mais il y avait des tas de philtres d'amour et de porte-bonheur. Quand j'ai découvert le titre de la page suivante, mon cœur s'est emballé :

Sort pour fêter une occasion spéciale en compagnie de l'être aimé

Ma mère était l'être que j'aimais le plus au monde et Noël, une occasion vraiment spéciale. Et j'avais tellement envie qu'elle vienne me voir jouer Scrooge que je n'en pouvais plus !

J'ai lu la formule avec la plus grande attention. Grizelda conseillait de mélanger une mesure d'hydromel avec deux mesures de vin de pissenlit et d'ajouter de la cannelle pour pimenter la soirée, du gingembre pour réchauffer l'atmosphère et du sucre

pour la douceur. Il fallait ensuite touiller en scandant le nom de l'être aimé puis boire le contenu du verre d'un trait, à l'envers.

Je n'en croyais pas mes yeux. C'était simple comme bonjour ! J'ai lu et relu les ingrédients. Je m'étais tellement entraînée pour apprendre le rôle de Scrooge que j'ai mémorisé la recette en deux secondes. Puis j'ai cérémonieusement remis Grizelda de Luna à sa place, j'ai fait sept fois le tour de l'étagère en dansant parce que ça faisait rituel magique et j'ai rejoint Cam en titubant.

– Ça va, Jenny ? s'est-elle inquiétée alors que je lui rentrais dedans.

– Très bien, ai-je affirmé avec mes sacs à la main et ma pièce bien serrée dans ma paume. Allez, Cam, on y va. J'ai trouvé tous mes cadeaux.

– Et moi, je n'ai pas le début du commencement d'une idée, a-t-elle soupiré. Bah, peut-être que, cette année, je pourrais en fabriquer certains moi-même.

J'ai secoué la tête.

– Arrête, Cam ! Offrir des trucs faits maison, c'est bon pour les bébés. J'ai déjà presque passé l'âge. Toi, t'es beaucoup trop vieille, crois-moi. Et pour moi, alors là, pas question, je veux un vrai cadeau.

– Tu ne fais franchement pas beaucoup d'efforts pour que les gens t'apprécient, Jenny, a-t-elle soupiré en fermant son livre d'un coup sec.

– Pas besoin, je compte sur mon charme naturel, ai-je rétorqué.

Cependant, en sortant de la librairie, j'ai réfléchi à ce qu'elle venait de dire. Qu'est-ce que c'était que ces âneries ? Parce que, d'après elle, il faudrait faire des efforts pour être apprécié ? Je ne supporte pas de jouer les lèche-bottes. Faire des compliments aux gens alors qu'ils sont trop moches et ce style de trucs, ça me donne envie de vomir. Louise est passée maîtresse dans cet art. Elle bat des cils, vous fixe de ses grands yeux bleus pleins d'étoiles en vous disant que vous êtes la plus marrante et la plus cool et qu'elle veut être votre meilleure amie. Et vous la croyez... jusqu'à ce qu'elle vous laisse tomber pour une autre.

Enfin, pour rien au monde je ne voudrais redevenir amie avec Louise. Je n'ai aucune envie qu'elle m'apprécie. Et je ne supporterais pas non plus que Justine Haleine-de-chacal-langue-de-vipère-face-de-singe m'apprécie.

Je n'ai pas besoin de faire des efforts pour qu'on m'aime. Il y a des tas de gens qui m'aiment. Je suis obligée de calmer Peter la mauviette parce qu'il m'aime trop. Helen, Mary et Mike m'aiment aussi. Ils font des tas de trucs pour moi, non ? Bon, d'accord, c'est leur boulot, ils sont payés pour ça. Peut-être qu'en fait ils ne peuvent pas me voir, mais ils ne me le disent pas parce que ce ne serait pas professionnel.

Quelle idiote de penser à ça. Je commençais à paniquer. Ce n'est pas bon de se mettre dans un état pareil. Tous les acteurs ont tendance à être hypersensibles et émotifs. Mlle Simpkins devait m'apprécier, sinon elle ne m'aurait pas proposé de jouer dans sa pièce. À moins que... à moins qu'elle ait pitié de moi, la pauvre petite Jenny Sansamis, la fille que toute l'école déteste.

Et si ça se trouve, Cam ne m'aimait pas non plus. Elle passait me prendre chaque semaine parce qu'elle n'avait pas le choix. Elle s'occupait de cette affreuse gamine à problèmes pour se donner bonne conscience. Peut-être que, pour elle, j'étais une corvée aussi pénible que sortir les poubelles ou nettoyer les toilettes.

– Jenny ? Pourquoi tu fais ce drôle de bruit en respirant ? s'est inquiétée Cam alors que nous traversions le centre commercial.

– Je suis au bord de la crise d'asthme à cause de tes remarques désobligeantes, ai-je répliqué en exagérant un peu le sifflement pour lui faire peur.

– Comment ça ?

– T'as dit que personne ne m'aimait.

Brusquement, je ne faisais plus semblant. J'avais la gorge tellement serrée que je suffoquais.

– Je n'ai jamais dit ça ! s'est défendue Cam.

– Si, si, si, et c'est une honte de dire des choses pareilles à une enfant qui est en foyer. À cause de toi, je vais sans doute être traumatisée à vie, ai-je décrété en lui donnant un coup de coude.

Et je peux vous assurer que j'ai les coudes pointus.

– Aïe ! À cause de toi, j'ai sans doute un poumon en moins.

– Je tombe d'inanition. Pas étonnant que je sois si maigre. Tu as intérêt à m'emmener vite fait chez McDonald's pour contrer mon état de malnutrition général et la dépression qui s'est emparée de moi lorsque j'ai réalisé que tout le monde me détestait.

– Oh, Jenny, arrête ! Je n'ai jamais dit que tout le monde te détestait. Je n'ai jamais dit que personne ne t'aimait. J'ai juste suggéré que tu ne faisais pas beaucoup d'efforts pour qu'on t'apprécie.

Cam s'est interrompue pour me prendre par les épaules et me regarder dans les yeux.

– Mais tu as beau me traiter comme une vieille chaussette, je t'aime quand même.

Je me suis détendue.

– Enfin, je t'aimerais encore plus si tu essayais d'être gentille, polie et attentionnée, a-t-elle ajouté.

– Moi ? Tu peux toujours rêver ! Allez, j'ai un besoin urgent de Big Mac-frites. S'il te plaît. Oh, adorable et douce Camilla.

– Beurk. C'était pas mal… jusqu'à ce que tu prononces mon prénom. Seule ma mère m'appelle comme ça. Oh, bon sang, j'aimerais tant que Noël soit déjà passé !

Moi aussi, j'avais un vœu à faire. Mais j'allais y mettre les formes. Préparer une vraie potion magique et tout et tout. Ce serait sûrement beaucoup plus efficace que de jeter une pièce dans une fontaine en faux marbre. J'ai tout prévu dans ma tête en dévorant mon hamburger, en engloutissant mes frites et en sifflant mon milk-shake.

– On peut rentrer chez toi pour dîner, Cam ? ai-je demandé. Je sais déjà ce que je veux manger.

– Mais tu n'as même pas fini de déjeuner !

– Ouais, ouais, mais je veux un truc spécial. Un truc de Noël.

– Tu sais que je suis un peu à sec en ce moment. Je pourrais acheter des hot dogs et de la bûche en dessert, mais c'est tout.

– Non, non, pas ça. Enfin si, OK pour les hot dogs et la bûche au chocolat, bonne idée, mais en fait, je pensais à un cocktail de Noël.

– Quoi ?

– Ben, tu sais, un apéritif un peu festif. Je connais une super recette. Il faut mélanger une mesure d'hydromel et deux de vin de pissenlit, puis ajouter de la cannelle, du gingembre, du sucre, bien mélanger et *slurp slurp*, c'est délicieux !

J'ai imité un barman secouant un shaker à cocktail.

– Tchin-tchin ! ai-je fait en levant un verre imaginaire.

Cam me dévisageait, médusée.

– Euh, moi, personnellement, je préfère un simple verre de vin, en apéritif, mais chacun ses goûts. Je peux essayer de te préparer un truc dans le genre…

– Non, non, il faut respecter scrupuleusement la recette, sinon ça perdrait toute efficacité, l'ai-je coupée.

Cam a plissé les yeux.

– Tu t'es mise à la sorcellerie, Jenny ?

Des fois, elle me fait peur. On dirait qu'elle a une petite trappe pour regarder ce qui se passe dans mon crâne.

– Attention, Cam ! Et si j'avais de puissants pouvoirs ? Imagine le bazar que je pourrais mettre ! ai-je menacé en faisant une hideuse grimace avant d'émettre un ricanement caverneux.

– Au secours ! s'est écriée Cam haussant les sourcils. Bon, d'accord, on va voir ce qu'on peut faire. Viens, allons au supermarché pour essayer de dénicher tes ingrédients.

Mais nous n'avons trouvé ni hydromel ni vin de pissenlit. J'étais extrêmement contrariée.

– Ne t'en fais pas, Jenny. L'hydromel est une boisson à base de miel, a-t-elle affirmé. J'en ai un pot à la maison. On n'aura qu'à en mettre une cuillère dans un verre de vin, cueillir un pissenlit sur le chemin du retour et le hacher pour le mélanger au reste. D'accord ? J'ai du sucre, on va acheter de la cannelle… et qu'est-ce qu'il fallait, encore ? Ah, du gingembre. Je crois que j'ai un paquet de biscuits au gingembre dans mes placards. Ils doivent être un peu rassis, mais ce n'est pas grave.

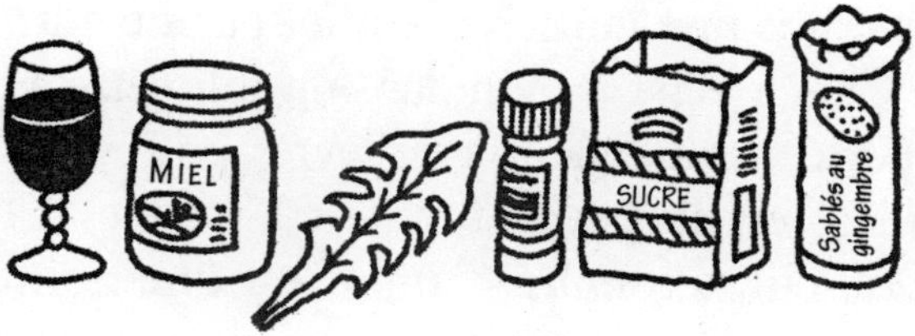

Je n'étais pas complètement convaincue. J'aurais voulu tout faire comme il fallait, mais je n'avais pas vraiment le choix. En arrivant chez Cam, j'ai soigneusement lavé la feuille de pissenlit. On avait eu beaucoup de mal à la trouver. Cam avait dû glisser la main entre les barreaux d'une grille pour la cueillir dans un jardin.

– Mais c'est du vol ! ai-je protesté.

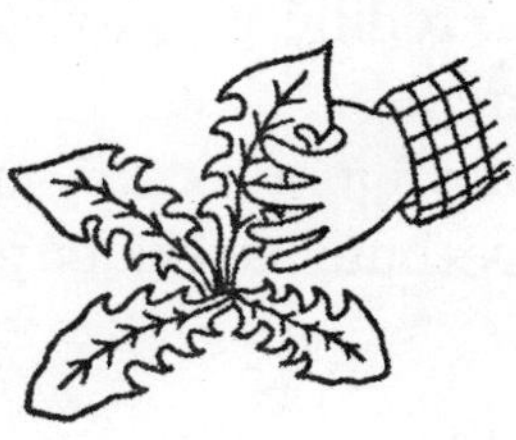

– Non, c'est du jardinage, a-t-elle rétorqué. Les pissenlits sont des mauvaises herbes, il faut les arracher.

– S'il s'agit bien d'un pissenlit.

– Évidemment.

– Parce que tu t'y connais, en plantes, Cam ?

– Bon, je ne suis peut-être pas Tistou les pouces verts, mais je sais distinguer un pissenlit d'une ortie. C'est un pissenlit, OK ? Allez, hache-le menu.

J'ai haché le pissenlit menu menu. J'ai émietté les biscuits, mis une cuillère de miel et une autre de sucre. Cam a versé du vin dans un joli verre à pied et l'a porté distraitement à ses lèvres.

– Hé ! C'est ma potion !

– Oui, oui, a soupiré Cam. C'est une honte de gâcher un si bon vin, mais vas-y, ajoute tes machins bizarres.

– Ce n'est pas un simple apéritif, Cam, lui ai-je rappelé. C'est une potion magique, ma potion. Bon, je vais incorporer les différents ingrédients et mélanger. Tais-toi. Il faut que je me concentre.

Je me suis concentrée à fond pour ajouter le sucre, le miel, la cannelle, jusqu'au dernier petit bout de pissenlit vert, et jusqu'à la dernière petite miette de biscuit. Puis j'ai touillé vigoureusement la mixture avec une cuillère.

– Hé, attention à mon verre ! a protesté Cam.

– Chut ! Et n'écoute pas ce que je dis, c'est personnel, ai-je sifflé.

Puis j'ai pris une profonde inspiration et j'ai murmuré :

– Faites que ça marche ! Faites que je puisse passer cette occasion spéciale – je parle de Noël – avec l'être aimé ! Je veux qu'elle me voie jouer la pièce et qu'elle reste après pour qu'on passe le plus merveilleux des Noëls !

J'ai levé le verre, je l'ai penché pour boire à l'envers et j'ai pris une gorgée de vin sans respirer. C'était infâme, mais je l'ai quand même avalée courageusement, en croisant fort fort fort les doigts pour que mon vœu se réalise.

– Doucement, Jenny ! Ne vide pas le verre, tu serais saoule ! a protesté Cam.

Comme je ne voulais pas rompre le charme, je l'ai ignorée. J'en ai bu une autre goulée, mais j'ai avalé de travers et j'ai failli m'étouffer. Je toussais tellement que la potion m'est ressortie par les narines. C'était répugnant. Cam m'a tendu un mouchoir en me tapant dans le dos.

– Oh non, ai-je gémi. Tu crois que j'ai tout gâché ?

– Non, non, au contraire, m'a-t-elle rassurée. Tu as absorbé la potion par différents orifices, ce devrait être encore plus efficace. Bon, mais maintenant, ça suffit. Je ne crois pas que Mary apprécierait que je te ramène au foyer pompette.

– Ouh, là, là ! Cam, je crois que c'est trop tard. Je suis complètement paf ! ai-je marmonné en faisant mine de tituber.

Elle s'est précipitée pour me soutenir.

– Jenny !

– Je blague, ai-je gloussé.

– Tiens, je devrais peut-être goûter, si c'est aussi efficace.

Cam a mélangé un peu en murmurant quelque chose avant d'en boire une gorgée à l'envers sans reprendre sa respiration. Elle s'est étranglée aussi, et en a recraché la moitié. J'ai dû lui taper dans le dos.

– Ça va, ça va, Jenny, a-t-elle bafouillé. C'est infâme ! Un si bon vin gâché ! Espérons que ça va marcher pour toutes les deux !

– C'est qui, ton être aimé ? ai-je voulu savoir.

Ça ne me plaisait pas trop, cette histoire. Pour autant que je sache, Cam n'avait pas d'amoureux et c'était très bien comme ça. Je n'avais aucune envie qu'un type se l'accapare tous les samedis et gâche notre journée à nous.

Je sais comment sont les hommes. C'est à cause d'un type que j'ai atterri en foyer. Maman s'est entichée d'un Gros Gorille Poilu qui était tellement méchant avec moi qu'on m'a retirée à ma mère. Faudrait qu'il essaie, maintenant. À l'époque, j'étais toute petite. Bon, je ne suis toujours pas très grande, mais je suis terriblement féroce et je sais me défendre.

Demandez donc à Justine Réduite-en-bouillie Petitbois. Si je me retrouvais nez à nez avec le Gros Gorille Poilu aujourd'hui, je lui ferais une prise de karaté et je le jetterais dehors illico. Hors de ma vie.

Que le mystérieux être aimé de Cam me cherche des noises et il verrait à qui il a affaire ! Aucun fiancé mal intentionné ne résiste à Jenny la Menace !

– Tu n'as pas de petit ami, hein, Cam ? ai-je demandé alors qu'elle me servait un jus de fruits pour faire passer le goût atroce de la potion.

Elle a paru stupéfaite, ce qui était plutôt rassurant.

– Un petit ami ? Oh, non, Jenny ! Tu ne vas pas t'y mettre aussi. Dès qu'on se voit, ma mère n'arrête pas.

Elle a pris une voix snob et haut perchée :

– « Comment veux-tu rencontrer quelqu'un de bien, Camilla ? Je comprends qu'aucun homme ne s'intéresse à toi. Tu as vu dans quel état tu es ? Regarde tes cheveux qui ne ressemblent à rien et ce jean immonde ! »

Elle s'est servi un verre de vin et en a bu un peu.

– Bah, laisse tomber. Fais-moi taire quand je commence à parler de ma mère. Brr…

Elle a fait semblant de frissonner.

– Bon, que dirais-tu de goûter ma recette spéciale de toasts à la cannelle ?

C'était délicieux. J'en ai englouti six. Je ne comprends pas Cam. Moi, j'adore parler de ma mère.

Normal, ma maman, c'est la plus belle, la plus géniale de toutes les stars du monde. Je ne réagirais peut-être pas de la même façon si ma mère était une vieille chouette snob et ridée, comme celle de Cam.

D'habitude, je déteste quand elle me ramène à la décharge publique mais, ce soir-là, ça ne me dérangeait pas trop parce que j'avais une tonne de trucs à faire. D'abord, une petite descente dans le placard à fournitures d'Helen (je suis très douée pour crocheter les serrures). Je me suis servie : du beau papier de soie rose, des feuilles de Canson blanc et une boîte de feutres en plus ou moins bon état.

Ce n'était pas vraiment du vol. J'allais les employer

pour un projet extrêmement artistique et hautement thérapeutique.

J'ai glissé mon matériel sous mon pull et je suis retournée discrètement dans ma chambre pour faire mon petit atelier personnel.

J'étais en pleine création lorsque Mary a frappé à ma porte. Elle a voulu l'ouvrir mais n'a pas pu car je l'avais bloquée avec ma chaise de bureau afin d'éviter toute intrusion.

– Qu'est-ce que tu bricoles là-dedans, Jenny ? Laisse-moi entrer.

– Désolée, mais je travaille sur un projet top secret.

– C'est bien ce qui m'inquiète. Qu'est-ce que tu fais ? Je veux voir.

– Impossible, je suis en train de fabriquer mes cadeaux de Noël, ai-je sifflé.

– Ah ! C'est chouette, Jenny. Excuse-moi, ma

puce, je vais te laisser tranquille, alors. Mais il commence à se faire tard. Il va bientôt falloir que tu éteignes, mon cœur.

Et elle s'est éloignée en fredonnant *Vive le vent*, visiblement convaincue que j'étais en train de préparer son cadeau. Bon, je n'avais pas le choix, maintenant : il fallait que je lui fasse un truc. Idem pour Mike. Et pour Helen. Et pour Cam, évidemment. Dommage, j'aurais bien aimé lui offrir un beau cadeau. Mais chacun ses priorités. Ma mère passait d'abord.

J'ai emballé le rouge à lèvres dans le papier de soie rose. Puis sur un rectangle de Canson, j'ai dessiné une bouche souriante et j'ai écrit soigneusement en lettres d'imprimerie :

Après avoir collé l'étiquette sur le premier paquet, j'en ai fait trois autres. Sur la deuxième, j'ai dessiné deux mains et j'ai écrit :

Je l'ai collée sur la crème pour les mains.

Sur la troisième étiquette, j'ai dessiné un gros cœur et j'ai inscrit :

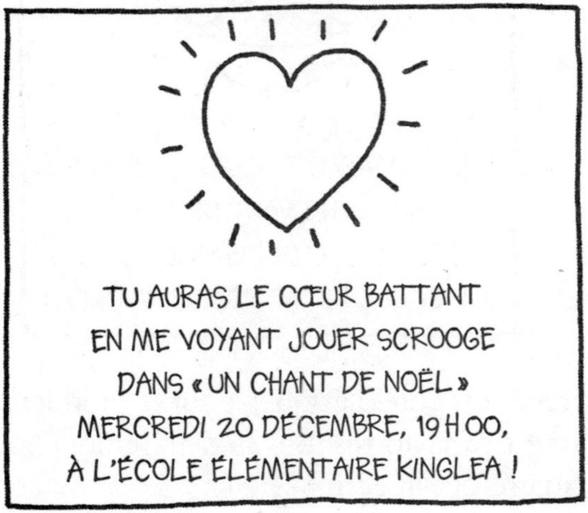

Puis j'ai enveloppé le beau pendentif en forme de cœur en prenant bien soin de ne pas emmêler le ruban rouge foncé et j'ai collé l'étiquette sur le papier de soie.

Et de trois ! Il ne me restait plus qu'un cadeau à préparer ! Mais c'était le plus long, car il fallait que j'annote le livre de Dickens. Sur la page de garde, je me suis dessinée habillée en Scrooge avec une bulle qui disait : « Bah, sornettes ! » Je me suis aussi dessinée sur la dernière page mais, cette fois, je saluais

à la fin de la représentation, entourée de mains qui m'applaudissaient à tout rompre et de bulles qui m'acclamaient : « Hourra ! », « Magnifique ! », « Bravo, Jenny ! », « Une performance extraordinaire ! » et « L'étoffe d'une vraie star ! »

Sur la page de titre, j'ai écrit :

Pas la peine de lire tout le livre, viens plutôt me voir jouer Scrooge dans « Un chant de Noël », mercredi 20 décembre à 19 h 00, à l'école élémentaire Kinglea ! Je te dédierai ma performance, à TOI, la plus merveilleuse maman de tout l'univers.

Je t'aime !

Jenny

J'ai emballé le bouquin et j'ai rédigé ma dernière étiquette. J'ai dessiné le livre avec le titre en tout petit, puis j'ai écrit :

Voici un livre génial qui a donné une pièce géniale et le rôle le plus génial, c'est celui de Scrooge et c'est justement moi qui l'interprète (19 h 00, mercredi 20 décembre, à l'école élémentaire Kinglea).

Alors, je t'en supplie, viens me voir !

Je t'embrasse,

Jenny

Je suis restée un petit moment assise avec mes quatre paquets roses sur les genoux, à imaginer ma mère qui les ouvrait, se mettait du rouge à lèvres, s'enduisait les mains de crème, accrochait le pendentif autour de son cou et lisait mes petits messages dans le livre. Je l'imaginais sautant dans sa voiture et

filant droit à l'école pour admirer la performance d'actrice de sa superstar de fille. Elle serait tellement fière de moi qu'elle ne voudrait plus jamais me quitter.

Le lendemain matin, j'ai coincé Mary dans son bureau et je lui ai demandé si elle aurait une grande enveloppe pour expédier tous mes cadeaux à ma mère.

– C'est un peu tôt pour envoyer tes cadeaux de Noël, non ?

– Ce sont des paquets à ouvrir avant Noël, ai-je répliqué. Il faut qu'ils partent à la première heure lundi matin en courrier prioritaire.

– D'accord, d'accord. Je suppose que c'est moi qui paie les frais d'envoi ?

– Oui, et tu écriras « À OUVRIR IMMÉDIATEMENT » sur l'enveloppe. Non, attends, il vaut mieux que je le fasse moi-même.

– Je crois que je peux m'en charger, Jenny, a soupiré Mary.

– Tu es sûre que tu as bien l'adresse de ma mère ? me suis-je inquiétée.

Ils ne veulent pas me dire où elle habite, tout ça parce que, une fois, j'ai fugué pour la rejoindre. Ils ne veulent même pas me donner son numéro de téléphone. Je trouve ça extrêmement injuste, c'est ma mère quand même ! J'ai déjà piqué des crises mémorables à ce sujet, mais rien à faire.

– Ne t'en fais pas, Jenny, j'ai bien son adresse, a assuré Mary.

– C'est très important, tu sais. Il faut qu'elle vienne me voir jouer dans la pièce de l'école.

– Je suis ravie que tu interprètes un si beau rôle, Jenny. Tu vas te donner à fond, n'est-ce pas ? Si tu ne t'appliques pas, c'est tout le spectacle qui sera gâché.

– Bien sûr, je me donne toujours à fond, ai-je répliqué, vexée.

Je prenais tout ça très très au sérieux, pas comme certaines personnes. Nous répétions tous les jours à l'heure du déjeuner et la plupart marmonnaient leur texte, la bouche pleine, leur sandwich à la main. La chorale de Noël chantait faux, la troupe de fantômes couinait au lieu de gémir, les danseurs se marchaient sur les pieds et Peter la mauviette ne pouvait pas enchaîner ses deux lignes de texte sans trou de mémoire. Il oubliait même de quelle jambe il était censé boiter, sautillant tantôt sur l'une, tantôt sur l'autre.

– T'es vraiment trop nul, Peter. C'est pourtant pas difficile à retenir : « Que Dieu nous bénisse, tous autant que nous sommes ! » s'est emportée Justine Grande-gueule Petitbois.

Elle l'a attrapé par l'épaule pour regarder dans son oreille.

– Ah, c'est bien ce que je pensais. T'as pas de cerveau. C'est vide là-dedans, une tête de crétin complètement creuse.

Je n'en pensais pas moins mais, quand j'ai vu le visage de ce pauvre Peter se décomposer, j'ai eu envie de la faire taire, la peste.

– Laisse-le tranquille, Justine Grosse-brute Petitbois. Il se débrouille très bien… pas comme toi ! Je n'ai jamais vu un fantôme aussi pitoyable. Tu ne ferais pas peur à un moucheron !

Mlle Simpkins a tapé dans ses mains.

– Du calme, les filles ! Concentrez-vous sur la pièce. Justine, tu pourrais mettre un peu plus d'intensité dans ton interprétation de Marley. Et toi, Jenny, un peu moins. Ton Scrooge est parfait, mais

pas besoin de froncer les sourcils aussi férocement en permanence. Et tu pourrais sans doute t'abstenir de cracher sur ton interlocuteur quand tu dis : « Bah, sornettes ! » C'est un peu trop, il me semble. De plus, je pense que les femmes de service n'apprécieront pas vraiment que tu baves partout sur la scène.

– J'essayais simplement de me mettre dans la peau du personnage, mademoiselle Simpkins, ai-je expliqué.

Mais elle ne m'écoutait pas. Elle était occupée à rassembler le troupeau de petits fantômes bêlants.

– Ouais, ben à force de vouloir te mettre dans sa peau, tu nous donnes surtout des boutons, a sifflé Justine Je-joue-comme-un-fer-à-repasser Petitbois. T'es qu'un gros furoncle plein de pus.

Louise a pouffé.

– Fais gaffe, on pourrait te percer.

Je l'ai poussée. Elle m'a poussée. Justine aussi, plus fort. Comme je me tenais voûtée pour jouer le vieux Scrooge, j'ai perdu l'équilibre et j'ai atterri sur les fesses.

Tout le monde a ri. Je me suis mordu les lèvres pour ne pas pleurer parce que ça faisait un mal de chien. De toute façon, je ne pleure jamais. Mais un choc brutal tel que celui-ci peut occasionner chez moi une soudaine crise de rhume des foins. Non seulement j'étais tombée, mais le pire, c'était de voir Louise aussi méchante. J'avais l'habitude que Justine La-peste Petitbois soit odieuse, mais maintenant Louise se liguait avec elle contre moi.

C'était mon amie, à l'origine. Désormais, je n'avais plus aucun allié à part ce pleurnichard de Peter qui comptait pour du beurre.

– Elle pleure, elle pleure ! Oh, le gros bébé ! a chantonné Justine Merle-moqueur Petitbois.

– Pourquoi tu ne te défends pas, Jenny ? s'est étonnée Louise, un peu mal à l'aise.

– Elle a plus de cran, a décrété Justine Grosse-truie Petitbois. *Ouin ouin*, *ouin ouin*, le bébé ! Tu veux ta maman pour te consoler ? Ben, tu peux toujours rêver, parce que ta maman, elle viendra jamais !

– Tu vas voir si j'ai plus de cran ! ai-je répliqué en me relevant.

Et *vlan*, *paf*, *boum !* Justine est tombée en arrière, le nez en sang, suite à une rencontre malheureuse avec mon poing.

Pile à ce moment-là, Mme Darlow, la directrice, est entrée dans la salle pour voir comment avançait la pièce. L'espace d'un instant, nous nous sommes tous figés sur place, comme si on était sur « pause ».

Puis nous nous sommes remis en mouvement en « avance rapide », et c'était un vrai film d'action avec une bande-son à vous vriller les tympans.

Justine s'est mise à hurler. Louise aussi, alors que je ne l'avais même pas touchée. Les petits qui dansaient et chantaient ont éclaté en sanglots. Et Mlle Simpkins elle-même avait l'air au bord des larmes.

Elle s'est agenouillée auprès de Justine, l'a aidée à se relever et a examiné son nez sanguinolent.

Mme Darlow a foncé droit sur moi, les narines pincées.

– Jenny Bell, tu t'es permis de frapper une de tes camarades ! Combien de fois dois-je te répéter qu'il est interdit de se battre dans cette école ?

– Mais, madame, ce n'est pas ma faute. C'est pas moi qui ai commencé, ai-je protesté.

Je ne voulais pas jouer les rapporteuses, mais il me

semblait nécessaire de préciser que Justine Pisse-le-sang Petitbois m'avait sacrément provoquée.

Mme Darlow a tapé des mains pour me faire taire.

– Hélas, l'expérience m'a appris que c'était toujours ta faute, Jenny Bell.

Voilà qui était profondément injuste. J'aurais aimé avoir assez de cran pour faire mon célèbre *vlan, paf, boum !* à Mme Darlow. J'avais envie de l'envoyer rouler par terre, les quatre fers en l'air, et qu'on voie sa culotte. C'était une image tellement loufoque que je n'ai pas pu me retenir, j'ai ricané. Erreur fatale.

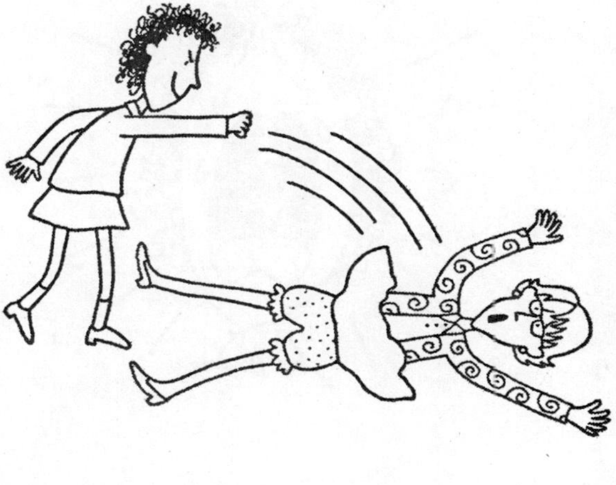

– Comment oses-tu rire après ce qui vient de se passer ? Je suis lasse de tes manières, Jenny Bell. Tu ne joueras pas dans la pièce de Noël. Que cela te serve de leçon une bonne fois pour toutes !

– Mais ce n'est pas possible, madame ! Je suis Scrooge ! Le personnage principal !

– Plus maintenant.

– Mais ma mère va venir me voir ! Je lui ai écrit pour la prévenir et elle va se déplacer exprès.

– Ce n'est pas mon problème, Jenny. Tu ne joues plus dans cette pièce, un point c'est tout.

Là, j'ai craqué. Totalement. J'ai ouvert la bouche et j'ai hurlé. Mlle Simpkins a voulu me serrer dans ses bras, mais je l'ai repoussée. Peter m'a pris la main, mais je me suis dégagée. Je me suis jetée par terre, les yeux fermés et j'ai hurlé. Hurlé hurlé hurlé.

Au bout d'un moment, quelqu'un m'a soulevée de terre et coincée sous son bras comme un paquet de linge sale pour m'emmener à l'infirmerie. J'ai ouvert les yeux juste une seconde. Justine Je-la-hais Petitbois était assise sur une chaise, la tête en arrière, et appliquait une grosse compresse sur son nez sanguinolent. J'ai fermé les yeux à nouveau et je me suis remise à hurler.

J'entendais marmonner et murmurer. Quand j'ai rouvert les yeux, Justine n'était plus là. Je ne savais pas où elle était passée et je m'en fichais. J'aurais voulu que le monde entier disparaisse. Tout le monde, sauf ma mère.

Je l'imaginais recevant mon paquet, puis admirant mon édition spéciale d'*Un chant de Noël*. Je l'imaginais en train de se faire belle, d'accrocher le pendentif en cœur autour de son cou, de passer de la crème sur ses mains délicates et de mettre son nouveau rouge à lèvres rose brillant. Je l'imaginais arrivant à l'école le 20 décembre et s'asseyant au premier rang

pour me regarder jouer. Sauf que je ne serais pas sur scène. Je ne serais pas sur scène. Je ne serais pas sur scène.

J'ai hurlé de plus belle, même si j'avais mal à la gorge, la tête comme une pastèque et le dos ruisselant de sueur. Je savais qu'il fallait que j'arrête, mais je n'y arrivais pas.

J'ai essayé de serrer les lèvres mais le cri a gonflé gonflé gonflé à l'intérieur et a explosé encore plus fort, me forçant à ouvrir la bouche. C'était tellement puissant et effrayant que je me suis mise à trembler. Je ne pouvais plus m'arrêter. À croire qu'une sorcière m'avait jeté un sort, comme dans un conte de fées. J'étais condamnée à hurler pour l'éternité.

Puis, soudain, j'ai senti deux mains se poser sur mes épaules et j'ai entendu la voix familière de Mary :

– Du calme, Jenny. Tout va bien. Je suis là, maintenant. Ils m'ont prévenue. Alors arrête de hurler.

– Je… n'y arrive… pas !

– Mais si. Respire à fond. Inspire profondément. Et expire lentement. Ça va marcher. Ne t'inquiète pas. Tu vois, ça y est, tu t'arrêtes.

Je me suis agrippée à elle comme un bébé. Elle s'est agenouillée et m'a prise dans ses bras pour me bercer tandis que j'enfouissais mon visage dans son épaule.

– Ça va mieux ? m'a-t-elle demandé au bout d'un moment.

– Non !

J'ai ouvert les yeux. Cligné des paupières. Puis j'ai regardé autour de moi.

– Où est Justine ? ai-je murmuré.

– On a dû l'emmener à l'hôpital, a soupiré Mary.

– Oh !

Je me suis remise à trembler. Qu'est-ce que j'avais fait ? Je lui avais juste donné un petit coup dans le nez, pourtant. Ce n'était pas la première fois, mais jusque-là, jamais je ne l'avais envoyée à l'hôpital. Si

ça se trouve, je lui avais complètement écrabouillé le nez et elle n'avait plus qu'un gros tas de chair sanglante au milieu du visage... Si ça se trouve, toute sa tête avait explosé et ils étaient en train d'essayer de recoudre les morceaux...

Je la détestais du fond du cœur, mais je ne voulais pas la blesser. Pas gravement, du moins. Et s'ils n'arrivaient pas à la soigner ? Et si elle se vidait complètement de son sang ?

Je l'imaginais, gisant sur un lit d'hôpital, livide et inerte, avec les médecins, les infirmières, son père et Louise à son chevet.

Je voyais déjà son enterrement, et tous les gamins de la décharge publique qui suivaient son corbillard. Louise venait en tête, en larmes, une énorme couronne dans les bras. Je voulais lui dire que j'étais désolée, mais elle me tournait le dos en me traitant de criminelle. Et tout le monde reprenait en chœur ce terrible refrain : « Criminelle, criminelle, Jenny Bell est une criminelle ! » Puis j'entendais des sirènes et toute une escouade de voitures de police débarquait et les policiers se jetaient sur moi, brandissant leurs matraques, et je m'enfuyais en courant...

– Jenny, ça suffit ! est intervenue Mary. Je suis sûre que Justine va très bien. Enfin non, son pauvre nez n'arrêtait pas de saigner et tu vas être sévèrement punie, mais je ne crois pas qu'elle ait de séquelles. Mme Darlow pense que tu lui as cassé le nez mais, à mon avis, elle exagère. Bon, je vais te ramener au foyer. Tu vas aller te calmer un petit moment dans la chambre d'isolement. Ensuite, on avisera.

Je me suis laissé traîner dans le couloir. La cloche venait de sonner. Des hordes d'enfants allaient et venaient en me fixant comme une bête curieuse.

– Regarde, c'est Jenny Bell !

– Qu'est-ce qu'elle a ?

– Il paraît qu'elle a piqué une crise pas possible. On l'entendait hurler dans toute l'école.

– Elle a dit plein de gros mots à Mme Darlow !

– Elle a grièvement blessé Justine Petitbois. Elle saignait tellement qu'ils ont dû l'emmener à l'hôpital en ambulance.

– Jenny a donné un coup de poing dans le nez de la directrice !

– Elle n'aura pas le droit de jouer dans la pièce de l'école !

Moi, je ne disais rien. Je me contentais de renifler. Mary m'a poussée doucement devant elle et on a traversé la cour. Je tremblais comme une feuille. Je me suis plaqué les poings sur les yeux pour les empêcher de couler.

J'étais dégoûtée que l'école entière me voie dans un état pareil. À la décharge publique, c'est différent. Tout le monde sait que les enfants qui vivent en foyer sont de vraies bombes à retardement. Il suffit d'un rien pour qu'ils explosent. Il y a les petits pétards mouillés, comme ce pleurnichard de Peter qui ne fait que quelques étincelles. Il y a les gros pétards qui éclatent avec un grand *boum !* et après, c'est tout. Et puis il y a de vraies fusées de feu d'artifice qui font un millier d'étoiles dans le ciel. Je vous laisse deviner à quelle catégorie j'appartiens.

À l'école, ça, ils ne comprennent pas. Et surtout, ils ne me comprennent pas. Ça ne me dérangeait pas qu'ils sachent que j'avais démoli Justine. J'étais plutôt flattée qu'ils s'imaginent que j'avais donné un coup de poing à Mme Darlow. Par contre, je ne supportais pas qu'ils me voient dans cet état, en sang, en sueur et en larmes. Le sang et la sueur, ce n'était pas grave, mais Jenny Bell ne pleure pas. JAMAIS. Pas en public, en tout cas.

Dans le minibus, en revanche, j'étais tranquille. Dans la chambre d'isolement aussi. Et dans ma chambre également. Mary m'a dit que je pouvais descendre dîner, mais je n'avais pas envie.

Mike m'a apporté un plateau.

– Hé, Jenny. D'accord, tu es punie, mais ce n'est pas une raison pour rater les spaghettis bolognese. Surtout qu'ils sont délicieux, ce soir.

Il m'a fourré le plateau sous le nez. J'ai détourné la tête, malgré l'alléchant fumet qui me chatouillait les narines.

– J'ai pas très faim, Mike.

– Oh, mademoiselle chipote ? J'ai passé des heures derrière les fourneaux, alors le moins que tu puisses faire, c'est de les goûter, a-t-il affirmé en posant le plateau sur mes genoux pour enrouler les spaghettis sur la fourchette.

Puis il a fait comme avec les tout-petits :

– Attention, voilà le gros navion. Il fait des loopings dans les airs et *zou !* Ouvre la bouche.

Mais je serrais les lèvres. Je n'ai même pas souri. Je n'étais pas d'humeur à rire (bien que ce soit mignon) ni à manger (bien que j'adore les spaghettis bolognese).

– Allez, Jenny. Justine n'a pas perdu l'appétit et, pourtant, elle a le nez écrabouillé.

– Elle est rentrée de l'hôpital ? ai-je demandé.

– Ouais, la pauvre.

– Elle a vraiment le nez cassé ?

– En mille morceaux, a répliqué Mike.

Mais quand il a vu ma tête, il s'est repris :

– Je plaisante, Jenny ! Tout va bien. Tu l'as un peu fait saigner du nez, c'est tout. Mary et moi, on va devoir te trouver une punition. Il faut que tu apprennes à te contrôler, Jenny. Surtout à l'école. On en a assez de devoir présenter nos excuses à ce vieux dragon féroce de Darlow. Elle se méfie toujours de nos gamins. Surtout de toi, miss Labrute. Et chaque fois que tu piques une crise à l'école, tu lui donnes raison.

– Allez-y, punissez-moi, ai-je répliqué d'une voix résignée. Battez-moi et enfermez-moi dans un placard sans rien à manger.

– Bof, a répondu Mike, pas convaincu. Si je te donne un coup, tu risques de m'écrabouiller le nez. Et puis, tu te prives toi-même de ces délicieux spaghettis bolognese. Et, à mon avis, ça ne sert à rien de t'enfermer dans le placard à fournitures parce que tu sais crocheter la serrure. Non, il faut qu'on trouve une meilleure idée

– Ça m'est égal, Mike. Mme Darlow m'a déjà punie. Elle ne veut pas que je participe à la pièce de Noël. Ma mère ne pourra pas me voir jouer Scrooge.

Quelques gouttes d'eau venues de je ne sais où sont tombées dans mon assiette de spaghettis.

– C'est dur, je sais, Jenny, a reconnu Mike en me serrant dans ses bras. Tu t'es donnée à fond et je suis sûr que tu aurais fait le Scrooge le plus scroogeux du monde. Mais nous sommes tous les deux conscients que, de toute façon, ce n'était pas sûr que ta mère puisse être là. Cependant, si elle était venue, elle aurait été fière de toi, ma puce. Tous les autres trouvent Mme Darlow vraiment trop injuste. Ils disent que la pièce ne sera pas pareille sans toi.

– C'est ça ! ai-je répondu d'un ton las, mais j'ai quand même goûté les spaghettis.

Miam, succulent !

– Je suis sérieux, Jenny. Le petit Peter est hors de lui. Je crois qu'il veut faire une pétition.

– Ah ! Cool, ai-je commenté en reprenant une fourchettée de pâtes. Mais Justine et Louise doivent être bien contentes.

– Tu te trompes, ma vieille. Je sais que vous n'êtes pas très copines en ce moment, mais Louise a l'air mal à l'aise. Elle doit se sentir coupable parce que, avec Justine, elles t'ont un peu cherchée.

– C'est vrai ? ai-je fait en attaquant mon assiette avec appétit. Et Justine, elle en dit quoi ?

– Bon, ce doit être la seule à ne pas avoir encore sa carte du Comité de défense de Jenny Bell. Normal, elle a quand même le nez en bouillie.

– Oh, pauvre chou, ai-je fait hypocritement.

Mike m'a ébouriffé les cheveux.

– Tu es une très très vilaine fille, Jenny. Il va falloir canaliser ton agressivité !

C'était louche.

J'avais raison de me méfier. Le lendemain matin, Mary et Mike m'ont prise dans un coin alors que je descendais, tête haute, déterminée à montrer à la terre entière que tout allait bien du moment que personne ne me parlait de mères, de pièces de théâtre ou de directrices d'école.

J'avais la tête tellement haute que je ne voyais pas vraiment où j'allais. Et un petit idiot avait laissé son troupeau de dinosaures en plastique brouter la moquette juste au bas de l'escalier. J'ai trébuché, manquant atterrir une nouvelle fois sur les fesses, mais avec ma grâce et mon agilité naturelles, j'ai réussi à me rattraper. De justesse.

– Vous pourriez demander à ces morveux de ranger leurs jouets, quand même !

– Bonne idée, Jenny, a commenté Mike.

– Tu n'as qu'à le leur demander toi-même, a renchéri Mary. Ça te facilitera la tâche.

Je me suis figée pour les dévisager d'un œil soupçonneux.

– Quelle tâche ?

– Nous avons trouvé un excellent moyen de canaliser ton agressivité, a décrété Mike.

– Ne le prends pas comme une punition, Jenny. Cela te permettra de te sentir mieux tout en rendant ce foyer propre, net et plus agréable à vivre, a poursuivi Mary.

Les mots « propre » et « net » m'ont écorché les oreilles.

– Hé, vous n'avez pas l'intention de me transformer en femme de ménage, quand même ? ai-je protesté.

– Toujours vive comme l'éclair, notre Jenny, a commenté Mike.

– Je suis sûre que tu vas très bien te débrouiller, a affirmé Mary.

– Mais vous n'avez pas le droit ! Le travail des enfants, c'est interdit par la loi ! me suis-je défendue.

– Ce n'est pas un travail, Jenny. Nous t'aidons simplement à décharger ta colère de façon utile.

– En quoi suis-je censée être utile, alors ?

– Tu vas simplement ranger, faire la poussière, passer l'aspirateur, nettoyer les sanitaires et récurer le carrelage de la cuisine.

J'ai répliqué du tac au tac :

– Et je serai payée combien ?

– Ah. Eh bien, tu seras d'abord à l'essai la première semaine. Si tu souhaites un poste fixe par la suite, nous entamerons les négociations financières, a répondu Mary. Maintenant, file prendre ton petit déjeuner ou tu vas être en retard à l'école.

– Mais…

– Pas de « mais », Jenny, m'a coupée Mike avec fermeté.

Je sais quand il est inutile de gaspiller de la bonne salive de Jenny Bell. J'ai donc traversé la cuisine d'un pas rageur pour aller m'asseoir. Je me suis servi des céréales avec une telle détermination que j'en ai mis partout. Puis je me suis versé du lait avec une telle énergie qu'il a débordé de mon bol comme les chutes du Niagara.

Les autres me fixaient d'un œil méfiant. Même Justine semblait un peu inquiète. Elle n'arrêtait pas de se frotter le nez.

– Ça va, Jenny ? a couiné Peter.

– Est-ce que ça a l'air d'aller ? ai-je rétorqué en cognant ma cuillère contre la table.

Peter a sursauté, répandant la moitié de son jus d'orange.

– Bon sang, regarde tes cochonneries ! ai-je crié alors que j'avais sali encore plus que lui. C'est moi la femme de ménage, maintenant ! Je vais nettoyer derrière vous, alors vous avez intérêt à faire attention, vous avez entendu ?

– Je pense qu'on t'a entendue à l'autre bout de la ville, a répliqué Louise. Et ne t'en prends pas à ce pauvre Peter. Il a commencé une pétition pour réclamer qu'on te laisse jouer Scrooge et il fait signer tout le monde.

– Chut, Louise, a-t-il soufflé en rougissant. C'est top secret.

– Comme si Mme Darlow allait se laisser influencer par une petite pétition minable, ai-je grogné.

Là, j'ai vu son visage se décomposer. Je m'en suis affreusement voulu, mais je ne pouvais rien dire devant les autres. Je me suis donc contentée d'engloutir mon petit déjeuner, puis j'ai filé dans ma chambre chercher mon cartable. J'ai guetté Peter. Lorsqu'il est sorti de la salle de bains en trottinant, du dentifrice tout autour de la bouche, je l'ai hélé :

– Hep, Peter !

Il a de nouveau sursauté, léchant nerveusement la mousse blanche d'un coup de langue.

– Viens dans ma chambre une seconde, ai-je ordonné.

Peter a obéi en retenant son souffle. Il s'est collé au mur contre mon poster de chauve-souris vampire, les poings serrés, comme s'il se trouvait face à un peloton d'exécution.

– T'inquiète, Peter, je ne vais pas te frapper.

– Je suis désolé pour la pétition. Je sais que c'est un peu bête et que ça ne marchera peut-être pas, mais j'étais tellement embêté que tu ne joues pas dans la pièce que j'ai voulu faire quelque chose.

– J'étais d'une humeur de chien, au petit déjeuner. Je ne voulais pas te crier dessus, Peter. C'est vraiment adorable, comme idée. Personne n'avait jamais fait de pétition pour moi. Je ne crois pas que ça servira à grand-chose mais c'est super gentil de ta part. Tu es un ami exceptionnel. Merci. Du fond du cœur.

Peter n'a pas bougé, mais il est devenu rouge comme une tomate.

– Oh, Jenny, a-t-il couiné en battant des cils.

Je lui ai tapoté la tête. Il a voulu me serrer dans ses bras, mais il ne faut quand même pas pousser !

– Hé, attention, tu vas me mettre du dentifrice partout. Viens, on va être en retard à l'école.

– Alors, je peux continuer ma pétition ?

– Pas de problème. Je ne suis pas sûre que tu arrives à recueillir beaucoup de signatures, étant donné que je ne suis pas la fille la plus populaire de l'école. Hum… y en a déjà qui l'ont signée ?

– Tout le monde ici. Enfin, Justine n'est pas encore complètement décidée, mais je vais continuer à la harceler.

– Toi ? Comment tu vas faire ?

– Tu verras, Jenny. Toute l'école va signer. Il faut que tu joues dans cette pièce. Tu es géniale sur scène !

– Tu perds ton temps, Peter, mais merci quand même. Ça me touche de voir que tu crois en moi ! Tu sais quoi ? Quand je serai une grande star comme ma mère, tu seras mon agent, d'accord ?

Ça lui a fait super plaisir, alors que moi, ça m'a un peu déprimée. Le simple fait de penser à ma mère m'a donné envie de hurler. Mais il fallait que je bloque toute émotion pour aller à l'école. La veille, j'avais braillé comme un veau. Aujourd'hui, j'allais être parfaitement calme et sereine pour montrer à la terre entière que Jenny Bell est une dure à cuire qui peut encaisser une humiliation publique sans problème.

En réalité, ce n'était pas aussi facile. J'ai bondi du minibus de la décharge publique et j'ai fait mon entrée dans l'école d'une démarche aussi nonchalante que possible, mais toute la cour s'est retournée pour me fixer en me montrant du doigt. Des petits se sont même attroupés autour de moi pour me scruter comme s'ils regardaient *Les Aventures de l'abominable Jenny Bell* à la télé.

Mais ce n'était pas le pire. Le pire, c'était les profs. Ils étaient affreusement gentils avec moi. Alors qu'elle ramassait les exos de maths, Mlle Brown s'est penchée vers moi pour me demander :

– Ça va, Jenny ?

– Pas trop, mademoiselle Brown, ai-je murmuré.

– J'imagine que tu n'as pas pu faire tes devoirs, hier soir…

– J'ai eu d'autres préoccupations, à vrai dire.

– D'accord, ne t'en fais pas. Tu pourras continuer à l'heure du déjeuner.

– Mm… oui, j'ai tout mon temps, maintenant, ai-je soupiré.

Le repas de midi a été le pire moment de la journée. Peter, Louise, Justine et tous ceux qui jouaient dans *Un chant de Noël* ont filé pour répéter… sans moi.

Je suis restée toute seule à ma table à faire mes exercices de maths. Mais les chiffres se brouillaient et dégoulinaient sur ma page comme s'il pleuvait dans la classe. J'ai épongé avec ma manche et des mouchoirs en papier.

En m'éclipsant aux toilettes pour me passer de l'eau sur le visage avant la reprise des cours, je suis tombée sur Mlle Simpkins. Elle était en compagnie de Gloria Taylor, d'Emily Lawson et d'Amy Jellicoe.

Elles la regardaient toutes les trois, pleines d'espoir, comme des chiots dans un refuge de la SPA, en suppliant intérieurement : « Moi, moi, choisissez-moi, mademoiselle Simpkins ! »

– Tiens, bonjour, Jenny ! a-t-elle lancé en m'apercevant.

Elle a fait signe aux trois autres.

– Au revoir, les filles. Je vous dirai ce qu'il en est demain.

Elles m'ont lancé un regard apitoyé avant de s'éclipser docilement.

– Vous leur avez fait passer une audition pour le rôle de Scrooge, c'est ça ? ai-je demandé, la gorge serrée.

– Oui, a confirmé Mlle Simpkins.

Puis, en baissant la voix, elle a ajouté :

– Elles ont fait de leur mieux mais, entre toi et moi, elles ne t'arrivent pas à la cheville, Jenny.

– Vous allez choisir laquelle ?

– Je ne sais pas, a-t-elle soupiré. C'est un rôle très important et il ne reste que très peu de temps pour apprendre le texte. Gloria est la seule qui pourrait le savoir rapidement par cœur, mais elle récite ça comme un horaire de train, sans y mettre le ton. Emily est un peu plus expressive, mais elle n'arrive pas à mémoriser plus de deux répliques. Elle est obligée de jouer avec le texte à la main, ça ne va pas du tout !

– Alors c'est Amy qui va faire Scrooge ?

– Amy est tellement douce et gentille qu'on l'entend à peine. Elle n'ose pas dire un mot plus haut que l'autre. On voit bien qu'elle ne ferait pas de mal à une mouche. Amy en Scrooge, on n'y croit pas une seule seconde !

– Alors que moi, je terroriserais un essaim de guêpes avec mon mauvais caractère !

– Oui, ce rôle est fait pour toi, a-t-elle soupiré.

– Mais Mme Darlow a tout gâché, ai-je complété.

– Non, Jenny, c'est toi qui as tout gâché, a corrigé Mlle Simpkins. Je sais cependant qu'on t'a provoquée. J'ai essayé d'exposer les circonstances à la directrice. En vain, je suis désolée.

– Merci, mademoiselle. Pardon d'avoir tout fichu en l'air.

– Je trouve ça honteux que tu paies si durement ton mouvement de colère.

– Et encore, vous ne savez pas tout. Même au foyer, je suis punie. Je suis devenue leur esclave, je dois tout nettoyer derrière les autres, sans toucher le moindre sou. C'est révoltant, non ? Peut-être qu'il faudrait prévenir la Société de protection des enfants, non ?

– Je vais y réfléchir, a-t-elle répondu en se mordant les lèvres pour ne pas rire.

En tout cas, moi, je n'avais pas le cœur à rire lorsque je suis rentrée de l'école, complètement

épuisée, et que Mary m'a tendu l'aspirateur et Mike la serpillière et le seau.

J'espérais secrètement que tout ça n'était qu'un coup de bluff. J'ai été outrée de constater qu'ils comptaient vraiment mettre leur projet à exécution.

– Laissez-moi goûter d'abord, par pitié ! ai-je supplié.

J'ai pris mon temps pour grignoter mon sandwich au pain complet et à la banane, ma poignée de fruits secs et mon orange, arrosés de jus de pomme (comme je regrette l'époque bénie où les diététiciens ne s'étaient pas encore penchés sur nos menus... On pouvait se gaver sans remords de chocolat, de gâteaux et de Coca !). Puis j'ai filé dans ma chambre troquer mon uniforme contre un vieux jean et un T-shirt délavé.

Je me suis arrêtée pour regarder la carte postale de ma mère que j'avais accrochée au mur. Tout à coup, j'ai eu le cœur si lourd que j'ai dû m'allonger sur mon lit avec la tête sous mon oreiller pour que personne n'entende cette brusque crise de rhume des foins. Je reniflais encore en descendant l'escalier d'un pas traînant, soupirant à chaque marche. Mais il n'y avait personne pour m'entendre. Les autres s'étaient réunis pour comploter je ne sais quoi dans la cuisine. Les ingrats ! Tandis que la pauvre petite Jenny Cendrillon devait se coltiner toutes les corvées !

J'ai attrapé l'aspirateur par le cou et j'ai arpenté le hall en passant sa grosse tête partout. Mais il était trop gros, trop lourd, trop difficile à manier. J'avais déjà les bras et le dos en compote au bout d'un tout petit mètre carré de moquette. Et il fallait que je nettoie notre immense décharge publique de fond en comble. Cet idiot d'aspirateur s'est cogné dans la plinthe. Je lui ai donné un grand coup de pied. Aïe, aïe, aïe ! J'avais oublié que j'étais en chaussons. Je l'ai éteint pour masser mes pauvres orteils meurtris.

C'est alors que j'ai entendu chuchoter et pouffer.

– La ferme ! ai-je rugi.

Peter a passé la tête par la porte de la cuisine.

– Ça va, Jenny ?

– Impec, ai-je répondu ironiquement. J'adore, je m'amuse, je m'éclate… PAS DU TOUT ! À ton avis, ça m'enchante de devoir tout nettoyer toute seule ?

– Mais tu n'es pas toute seule, a rectifié Peter. Allez, venez, les autres !

Tous les gamins du foyer sont sortis de la cuisine, armés de pelles, de balais et de brosses. Peter était en tête, les manches roulées sur ses biceps maigrichons et un torchon noué autour de la taille. Il y avait même Louise avec un fichu sur la tête. Justine est sortie la dernière, portant le tablier rayé de Mike et brandissant une brosse à récurer.

– On va faire le ménage tous ensemble, a décrété Peter. Ce n'est pas juste que tu nettoies toute seule, on va te donner un coup de main. Ça va être rigolo.

– T'as un drôle de sens de l'humour, mauviette, a grogné Justine en lançant sa brosse.

Louise l'a rattrapée au vol.

– C'était autant ta faute que celle de Jenny, Justine, a-t-elle affirmé. On s'est tous énervés, alors Peter a raison, on doit tous canaliser notre agressivité en faisant le ménage.

– Bien... au boulot ! a-t-il ordonné.

Puis il m'a regardée.

– Ça va, Jenny ?

Une fois n'est pas coutume, j'étais sans voix. J'ai hoché la tête en priant pour ne pas me ridiculiser en fondant en larmes à nouveau.

Nous avons laissé ce sacré petit Peter prendre la direction des opérations et nous dire ce qu'on devait faire, au lieu de se disputer, nous les forts en gueule.

On a allumé tous les postes de la décharge pour écouter du rock et du rap à fond, par esprit de vengeance.

Helen la Baleine a fait une brève apparition à un moment. Elle a vite battu en retraite, les mains sur les oreilles mais, quand Mary et Mike lui ont expliqué (en criant un peu) ce qui se passait, elle a applaudi, tout excitée. Et elle a tenu à nous encourager et à nous féliciter pour ce beau travail d'équipe.

Elle a foncé mettre ses bois de renne sur sa tête, puis elle est passée dans les rangs pour nous tapoter le dos.

– Vous avez tout compris ! C'est ça, l'esprit de Noël : l'amour, le partage, l'entraide !

Franchement, c'est un miracle qu'avec ses gros sabots la stupide Helen le Renne ne les ait pas fait fuir en criant : « Non, mais qu'est-ce que je fais là, à passer l'aspirateur alors que je pourrais être devant la télé ou en train de jouer à la console ou même affalé sur mon lit à me décrotter le nez. Franchement, j'peux pas la voir, cette peste de Jenny Bell ! Je me fiche complètement de ce qui lui arrive et j'ai pas la moindre envie de lui filer un coup de main, c'est bien fait pour elle si elle est punie ! »

Mais, bizarrement, ils l'ont ignorée et ont continué à frotter, récurer, dépoussiérer et aspirer. J'avais l'impression que, à l'intérieur de moi, tous les recoins sales, pas beaux, crados avaient également droit à un nettoyage de printemps. Peut-être que les autres m'appréciaient un peu, finalement.

J'avais encore du matériel de ma descente dans le placard à fournitures. Le soir, j'ai utilisé le peu d'énergie qui me restait pour réaliser un grand panneau. J'ai dessiné la décharge publique en arrière-plan et nous tous devant, armés de chiffons, balais et serpillières. J'ai même représenté Justine correctement, résistant à la tentation de la faire loucher et de lui ajouter des crottes de nez qui pendaient de ses narines. Je me suis mise au centre, avec un grand sourire radieux. J'ai ajouté des rayons de soleil tout autour du dessin puis, en haut, j'ai écrit en lettres arc-en-ciel :

Je me suis faufilée au rez-de-chaussée et je l'ai posé sur la table pour que tout le monde puisse le voir le lendemain matin au petit déjeuner. J'ai chipé la moitié d'un paquet de corn-flakes et une orange pour pouvoir prendre mon petit déj' dans ma chambre. Je ne voulais pas être dans le coin lorsqu'ils découvriraient mon dessin. Ce serait trop la honte. Je n'ai pas l'habitude de faire ma gentille et de dire merci. Il va falloir que je fasse attention. J'ai toujours été la dure à cuire de la bande. Ce serait trop bête de faiblir maintenant.

À l'école, je me suis efforcée d'être aussi féroce et pugnace que d'ordinaire. J'ai fait tout mon possible pour être insolente avec les professeurs et odieuse avec les autres enfants, mais ça me demandait beaucoup d'efforts. Je me suis surprise à partager ma barre chocolatée avec Peter à la récréation, à aider un petit qui était tombé à se relever, à renvoyer un ballon directement à son propriétaire. Bref, je me comportais comme un vrai petit ange plein de bonnes intentions et non comme l'abominable et effroyable Jenny Bell, terreur des cours de récré.

Quand ils sont tous partis répéter *Un chant de Noël*, je me suis demandé lequel des trois Scrooge Mlle Simpkins avait choisi. J'étais bien contente qu'ils soient tous nuls, c'était plus fort que moi.

En début d'après-midi, la directrice m'a fait demander.

– Oh, Jenny, a soupiré la maîtresse. Qu'est-ce que tu as encore fait ?

– Rien du tout, mademoiselle Brown. J'ai été un vrai petit ange toute la journée.

Elle n'a pas eu l'air de me croire. Je ne pouvais pas lui en vouloir. Elle n'était pas censée savoir que la nouvelle Jenny Bell était gentille et douce comme un agneau.

Je me suis traînée à contrecœur jusqu'au bureau de Mme Darlow, convaincue qu'elle allait m'accuser à la place de quelqu'un d'autre. Peut-être pensait-elle que j'étais l'auteur de cette plaisanterie très très déplacée gribouillée dans les toilettes des filles. Ou que j'avais étalé de la colle sur la chaise d'un prof. Ou que j'étais allée chercher un ballon en me cramponnant à la gouttière, l'arrachant malencontreusement du mur. D'accord, il m'était arrivé de faire ce genre de chose dans le passé, mais pas récemment.

Pourtant, il ne faisait aucun doute que ça allait me retomber sur le dos. Avec un soupir las, j'ai frappé à la porte de son bureau. De toute façon, ça ne servait à rien de clamer mon innocence face à une femme aussi dure et impitoyable. Elle avait sûrement déjà décidé quelle punition elle comptait m'infliger. Je l'imaginais en train de sortir son fouet le plus efficace, son broie-pouce, son tire-nez, puis de dégager tous ses papiers inutiles de son bureau afin de pouvoir me ficeler dessus comme sur une table de torture. Je res-

sortirais de l'école en rampant, le dos en sang, les pouces en bouillie, et le nez pendouillant jusqu'au menton, comme un élastique détendu.

Mme Darlow portait son tailleur-pantalon noir le plus sévère. Elle était assise à son bureau, le menton dans les mains, et fronçait les sourcils en me regardant par-dessus ses petites lunettes cerclées de métal.

– Entre et assieds-toi, Jenny Bell.

Va savoir pourquoi, elle m'appelle toujours par mon nom complet, alors que je suis la seule Jenny de l'école.

– Comment te sens-tu, aujourd'hui ? m'a-t-elle demandé.
– Pas au mieux de ma forme, madame Darlow.
– Moi non plus, Jenny Bell, moi non plus.
Elle a brandi une liasse de feuilles couvertes de noms.
– Sais-tu de quoi il s'agit ?

J'ai réfléchi. J'avais la nette impression qu'il valait mieux ne pas répondre : « Un tas de paperasse. »
« Je ne sais pas, madame » me semblait bien plus approprié, d'autant que j'ignorais réellement de quoi il s'agissait. Ce n'était pas mon écriture. En fait, il y avait plein d'écritures différentes : nettes et soignées, baveuses ou pattes de mouche, du noir, du bleu, du rouge, toutes les couleurs de l'arc-en-ciel.
– C'est une pétition réclamant que je te rende ton rôle de Scrooge dans la pièce de l'école, m'a expliqué la directrice.

– Oh, mince alors ! La pétition de Peter ! me suis-je exclamée.

– Tu es sûre que ce n'est pas toi qui lui as mis cette idée en tête, Jenny Bell ?

– Absolument ! me suis-je défendue. Mais il a recueilli des tas de signatures !

– Oui, a confirmé Mme Darlow. Enfin, j'ai examiné toutes les pages en détail et j'ai remarqué que certaines y figuraient en double. Et je ne suis pas sûre que Mickey Mouse, Homer Simpson, Robbie Williams et Beyoncé soient réellement inscrits dans cet établissement.

Je me suis mordu les lèvres de peur d'avoir un fou rire. En même temps, j'avais les yeux qui me piquaient, signe annonciateur d'une crise de rhume des foins imminente. Il y avait tellement de signatures ! Peter avait dû arpenter l'école en long, en large et en travers pour faire signer tous les élèves. Tous ces enfants qui voulaient me voir sur scène !

– Peter est visiblement un ami dévoué, a remarqué la directrice.

– Oui, il est adorable, ai-je acquiescé, touchée.

– Je suis impressionnée par son esprit d'initiative et sa persévérance. Lorsqu'il est passé me déposer sa pétition ce matin, il tremblait comme une feuille, mais il a tout de même plaidé en ta faveur. Il a déclaré, je cite ses propres mots, que tu étais unique en ton genre, Jenny Bell.

J'ai souri.

– Et dans sa bouche, c'était un compliment. Pour moi, moins, a poursuivi Mme Darlow. Ça m'a fendu le cœur de devoir lui répondre qu'il était fort improbable que je revienne sur ma décision, mais que j'admirais tout de même son geste.

– Oh, ai-je fait en m'affalant sur ma chaise.

– Puis, à l'heure du déjeuner, j'ai reçu la visite de Mlle Simpkins. Elle avait déjà essayé de défendre ta cause, Jenny Bell. Elle m'avait affirmé que ton accès de violence n'était pas complètement inexplicable puisque tu aurais, selon ses dires, répondu à une provocation. Ce à quoi je lui avais rétorqué que je ne pouvais tolérer aucune démonstration de violence quelles qu'en fussent les circonstances.

En soupirant, je me suis recroquevillée encore plus sur ma chaise.

– Cependant…

Je me suis raidie.

– Mlle Simpkins m'a invitée à assister à la répéti-

tion. La pièce progresse de façon admirable. Tout le monde travaille dur. J'ai vu Gloria, Emily et Amy jouer le rôle de Scrooge chacune leur tour. Elles se sont donné beaucoup de mal. Je leur ai même attribué cinq bons points pour leur motivation. Hélas, aucune d'elles ne possède de réel talent de comédienne et, même si elles font tout leur possible, force est de constater que leur interprétation manque un peu… d'expressivité.

J'ai serré les poings.

– Mlle Simpkins a souligné que tu incarnais Scrooge à la perfection, Jenny Bell. Et je dois tenir compte du fait que cette pièce sera jouée en public, devant tous les parents d'élèves.

– Ma mère va venir, ai-je murmuré.

– C'est pour nous une occasion unique de montrer l'excellence de notre établissement, c'est pourquoi je tiens à ce que cette représentation soit un succès. Je

ne veux pas que tout ce travail, tous ces efforts soient gâchés. J'ai donc décidé de te redonner ton rôle, Jenny Bell. Tu pourras jouer Scrooge, finalement.

– Oh, madame Darlow ! Vous êtes un ange ! me suis-je écriée en me redressant bien droite sur ma chaise pour l'applaudir.

– Attends donc que j'en aie terminé avant de juger, Jenny Bell. J'ai dit que je ne saurais tolérer une démonstration de violence, je dois donc t'infliger une autre punition.

– Tout ce que vous voudrez, madame ! Laissez libre cours à votre imagination. Coups de fouet, broie-pouce, tire-nez... Ça m'est égal.

– Je pense que je vais m'en tenir à une punition plus civilisée, Jenny Bell. Quoique, un broie-nez me semblerait assez approprié étant donné que tu as failli casser le nez de cette pauvre Justine. Malheureusement, je crains que la caisse de l'école ne me permette pas d'acquérir de couteux instruments de torture. En revanche, nos placards sont bien garnis en produits ménagers, nous devrons donc nous en contenter.

– Des produits ménagers ? ai-je répété, incrédule. Oh, non ! J'ai déjà dû nettoyer de fond en comble la décharge publique… euh, je veux dire le foyer. Vous ne voulez quand même pas que je fasse toute l'école, maintenant ?

– Mais non, mais non, m'a rassurée la directrice. Je ne suis peut-être pas un ange, mais je suis raisonnable. Je vais simplement te demander de cirer le parquet de la grande salle. Nous ne pouvons pas recevoir les parents d'élèves avec un sol tout terne. J'aimerais donc que tu restes une demi-heure tous les soirs après les cours pour le faire briller. Non seulement cela embellira notre établissement mais, en outre, cela te permettra de canaliser ton agressivité.

– Mon agressivité a déjà été efficacement canalisée, madame Darlow, ai-je répondu. Mais d'accord. Le parquet sera brillant comme un miroir et on verra sous nos jupes, du moment que je peux jouer Scrooge devant ma mère.

Je ne sais pas si vous avez déjà ciré un parquet, mais c'est l'horreur. Ça donne des crampes dans les mains, des courbatures dans les bras, le torticolis, on a les genoux en sang et jusqu'aux orteils tout contusionnés. En plus, vous imaginez la taille de la salle ? Et moi au milieu ?

J'ai travaillé dur. Ce bon vieux Peter et quelques autres ont voulu me donner un coup de main, mais Mme Darlow n'a pas apprécié leur esprit d'équipe et de partage.

– C'est Jenny qui est punie, pas vous ! a-t-elle aboyé. Je veux qu'elle fasse sa corvée toute seule.

J'ai donc fait ma corvée, avec mon exemplaire de la pièce ouvert sous les yeux pendant que je frottais. Ça me permettait de répéter le texte dans ma tête.

En fait, c'est un bon moyen d'apprendre, de cirer une longue lame de parquet en répétant une tirade de Scrooge. Chaque fois que je trempais mon chiffon dans la cire, je marmonnais : « Bah, sornettes ! »

Quand j'arrivais au mur, je disais comme Tiny Tim : « Que Dieu nous bénisse, tous autant que nous sommes ! » À la fin, non seulement je connaissais mon rôle par cœur, mais aussi tous les autres.

J'avais tellement hâte d'être à mercredi, le jour du spectacle. Je bouillais d'impatience, littéralement. Si bien que le matin, au petit déjeuner, Mary m'a tâté le front.

– Ça va, Jenny ? Tu as l'air en nage.

– Oh, Jenny, tu n'es pas malade, hein ? s'est inquiété Peter.

Il a frissonné.

– Moi, je me sens patraque. Je n'ai pratiquement pas dormi de la nuit. Et dès que je fermais l'œil, je rêvais que j'étais tout seul au milieu de la scène et que les spectateurs me traitaient de tous les noms. Je n'ai pas envie de jouer ce soir, j'ai trop peur ! Et si j'oublie mon texte ?

– Ça va très bien se passer, Peter, ai-je assuré. Tu vas bien te débrouiller et, si jamais tu as un trou, regarde-moi, je te soufflerai ta réplique.

– Ouais, la seule et unique Jenny Je-la-ramène, a sifflé Justine.

Elle n'avait pas l'air très en forme non plus. Elle était toute pâle, avec de gros cernes noirs.

– Tu ressembles déjà au fantôme de Marley sans maquillage, ai-je remarqué. Tu as le trac ?

– Pas du tout.

Justine s'est tue un instant avant de reprendre :

– Et toi, Jenny ? Tu n'as pas peur que ta mère ne vienne pas ? Ha ! ha ! trop drôle. Ta mère, c'est comme le yéti, on en entend souvent parler, mais personne ne l'a jamais vue.

Brusquement, le silence s'est fait dans la pièce. Tout le monde a arrêté de mâcher ses cornflakes.

– Justine, tu vas te taire ! a crié Mike.

– Jenny, ne commence pas ! a crié Mary.

Mais il n'était pas question que je montre à Justine Fantôme-d'endive Petitbois qu'elle pouvait m'atteindre. Je lui ai adressé mon plus beau sourire, en serrant les dents. J'avais la gorge serrée aussi. Ma mère allait venir, hein ?

Elle tenait sûrement à me voir jouer le rôle principal de la pièce. Elle voudrait même être au milieu de la salle, entourée de parents qui m'applaudiraient en disant : « Cette petite Jenny Bell est une actrice-née. Je me demande de qui elle tient ça ? » Puis ils se retourneraient, apercevraient maman, superbe et radieuse, et s'exclameraient : « Ah, ça doit être sa mère. Mais oui, bien sûr ! C'est la célèbre star de cinéma Carly Bell ! »

J'ai tenté de me rassurer en me répétant : « Oui,

elle sera là, ce soir, mon édition spéciale d'*Un chant de Noël* sous le bras, avec mon joli rouge à lèvres, ma crème pour les mains et mon pendentif en forme de cœur. Elle est obligée de venir avec tous les cadeaux que je lui ai envoyés. Elle va m'embrasser, me serrer dans ses bras et applaudir à en avoir mal, puis elle ne voudra plus jamais se séparer de moi tellement elle sera fière. »

– Tu peux toujours rêver, Jenny, a susurré Justine Langue-de-vipère Petitbois.

Ma gorge s'est serrée encore plus. Et si je rêvais, effectivement ? Si je me racontais des histoires ?

– Ma mère sera là, tu vas voir, ai-je affirmé.

– Ouais, on va voir, a répliqué Justine Je-vais-encore-me-prendre-un-coup-de-poing-dans-le-nez Petitbois. On va voir mon père, assis devant, en train d'applaudir mais oups ! il y aura une place vide au milieu du rang, là où maman Bell aurait dû s'asseoir sauf qu'elle se fiche complètement de sa fille unique et on la comprend. Qui voudrait d'une môme aussi dingo, toc-toc, maboule que Jenny Bell…

J'allais lui sauter dessus, mais Mary m'a retenue tandis que Mike faisait sortir Justine de la pièce.

– Du calme, Jenny. Garde la tête froide.

Je ne pouvais pas me calmer. Et je n'avais pas la tête froide. Je bouillais de rage comme un volcan au bord de l'éruption. C'est alors que Peter m'a pris la main.

– Ignore-la, Jenny. Elle est jalouse parce que tu es une super actrice et que tout le monde a signé ma pétition et qu'ils savent bien que la pièce n'aurait jamais marché sans toi. Et si tu dis que ta mère va venir, alors elle viendra. Tu sais toujours tout, Jenny.

J'ai pris une profonde inspiration et j'ai serré sa petite main dans la mienne.

– Tu as raison, Peter. Merci, mon pote. T'en fais pas. Je ne laisserai pas une sale peste comme Justine me démonter.

Mary m'a tapoté le crâne.

– Bravo, ma puce.

– Mary ?

J'ai pris une inspiration encore plus profonde avant de poursuivre :

– Je sais que ma mère va venir. Je lui ai donné tous

les détails et tout et tout, mais elle n'aurait pas téléphoné pour confirmer, par hasard ?

– Tu sais bien que je te l'aurais dit, Jenny.

– Mm, mm, bon... de toute façon, pas besoin de confirmation. C'est sûr, pas vrai ?

– En tout cas, moi, je serai là, a promis Mary. Et Mike aussi. On va se faire remplacer ici, juste pour pouvoir assister au spectacle. Et il y aura également Helen. Ne fais pas cette tête-là, Jenny ! Cam va venir. Ce sera génial si ta mère est là aussi mais, quoi qu'il en soit, il y aura plein de gens dans le public pour t'applaudir. OK ?

Ce n'était pas OK du tout. Tout ça, c'était du blabla d'éducateur. Ça ne voulait pas dire que ma mère allait venir.

Je le savais très bien.

Mais je n'avais pas envie de l'admettre.

Moi, je voulais me persuader qu'elle serait là. J'avais l'impression que c'était écrit partout sous mes yeux, que ça résonnait dans ma tête. En fixant les murs de la cuisine, je voyais s'afficher en lettres de spaghettis :

Ta mère va venir te voir jouer Scrooge.

Quand je suis allée aux toilettes, j'ai vu le graffiti sur la porte :

TA MÈRE VA VENIR TE VOIR JOUER SCROOGE.

Dans le minibus qui m'emmenait à l'école, je voyais clignoter sur le tableau de bord :

Ta mère va venir te voir jouer Scrooge.

En regardant par la fenêtre, je lisais sur tous les panneaux publicitaires de la ville :

TA MÈRE VA VENIR TE VOIR JOUER SCROOGE.

Arrivée à l'école, c'était écrit à la craie sur le tableau :

Ta mère va venir te voir jouer Scrooge.

Dans la salle, c'était comme un néon au-dessus de l'estrade :

TA MÈRE VA VENIR TE VOIR JOUER SCROOGE.

Les mots ont scintillé dans ma tête toute la journée comme une guirlande électrique :

TA MÈRE VA VENIR TE VOIR JOUER SCROOGE.

En classe, je n'ai pas réussi à me concentrer deux secondes d'affilée. J'ai cru que Henri VI avait huit femmes, j'ai buté sur une simple division, sans parler des opérations plus compliquées. Pour vous dire : j'ai colorié la barbe du père Noël en rouge sur ma carte de vœux. Heureusement, ça a fait rire Mlle Brown.

– Je sais que tu as la tête ailleurs aujourd'hui, Jenny. Bonne chance pour ce soir. J'ai hâte de voir ça.

Mais ce n'était pas à la pièce que je pensais. Hélas. À la dernière répétition, à l'heure du déjeuner, je n'arrêtais pas de bafouiller et de me tromper. Je ne me souvenais plus d'un traître mot.

– Je ne sais pas ce qui se passe, mademoiselle Simpkins, ai-je gémi. Je connais pourtant mon texte par cœur. Hier encore, j'aurais été capable de réciter toute la pièce à l'envers, je vous jure.

– Je savais bien qu'on ne pouvait pas compter sur Jenny Bell, a chuchoté Justine à Louise, assez fort pour que je l'entende. Elle va tout gâcher.

– C'est le trac, Jenny, a affirmé Mlle Simpkins. Tout ira bien ce soir. Ne t'inquiète pas.

Elle faisait tout pour me rassurer, mais elle avait l'air angoissée. Je savais qu'elle se disait : « Oh, mon Dieu, j'ai bataillé dur pour que ce cas social de Jenny

Bell joue dans la pièce et voilà qu'elle est incapable d'aligner deux mots. Qu'est-ce que j'ai fait ? Bon, il faut que je reste calme, que je garde le sourire. Pas de panique. Je vais lui dire que tout va bien se passer. »

Pour la première fois de ma vie, j'étais cent pour cent d'accord avec Justine Grasse-limace-dégueulasse Petitbois. J'allais tout gâcher.

Nous ne sommes pas rentrés au foyer pour dîner. Tous les enfants qui jouaient dans la pièce ont pique-niqué sur mon parquet impeccablement ciré. En temps normal, j'aurais hurlé. Ils mettaient des miettes de pain partout ! Ils semaient leurs chips graisseuses sur mon beau sol ! Un gamin a même renversé sa brique de jus de fruits poisseux ! Mais j'étais dans un tel état que j'ai à peine réagi. Je ne pouvais rien avaler. Mon sandwich à l'œuf dur avait un goût de serpillière humide, les chips me restaient coincées en travers de la gorge, mon yaourt sentait le tourné.

– Mange, Jenny, m'a conseillé Peter. Il faut que tu prennes des forces pour ce soir. Tiens, tu veux la

moitié de mon sandwich à la banane ? Tu peux même le prendre en entier si tu veux.

– C'est gentil, Peter, mais non merci.

J'étais assise là, à réduire mes chips en poussière dorée en ruminant. Je ne savais pas quoi faire.

Je mourais d'envie que ma mère vienne… mais est-ce que je voulais vraiment qu'elle me voie plantée au milieu de la scène, la bouche ouverte, incapable de sortir un son ?

J'ai fermé les yeux très fort. « Je vous en prie, esprits, si vous existez vraiment, aidez-moi et je dirai encore plus de “Que Dieu vous bénisse” que Tiny Tim », ai-je supplié dans ma tête.

Soudain, j'ai senti une présence près de moi. J'ai ouvert les yeux, espérant voir ma mère avec ses cheveux blonds bouclés, ses grands yeux bleus, ses lèvres rosées prêtes à m'embrasser… mais, à la place, j'ai découvert une petite bonne femme mal fagotée avec les cheveux tout hérissés.

– Ah, c'est toi, Cam, ai-je soupiré.

– Joyeux Noël à toi aussi, Jenny ! a-t-elle répliqué en riant.

– Qu'est-ce que tu fais là ? La pièce est à sept heures.
– Je sais. Je suis venue aider Mlle Simpkins à vous maquiller.
– Mais tu n'y connais rien ! Tu ne te maquilles jamais !
– Je suis très douée pour les maquillages de scène, tu vas voir.
Elle s'est assise en tailleur à côté de moi. Comme d'habitude, elle était en jean et polo – mais un jean pas trop délavé ni trop effiloché dans le bas et elle avait mis un beau pull avec des chats.
Elle m'a tendu une grosse boîte de chocolats.

– Tiens, sers-toi puis proposes-en à tes amis.
– Oh, Cam ! Tu les as achetés exprès pour moi ?
– Pas vraiment. Je devais les offrir à ma mère mais, comme je ne vais pas passer Noël chez mes parents, finalement, je me suis dit qu'on pouvait les manger dès maintenant.
– C'est adorable mais je n'ai pas faim du tout. J'ai

même un peu mal au cœur. Si ça se trouve, je vais vomir sur scène. J'espère que ce sera sur Justine !

J'ai quand même ouvert la boîte de chocolats, par pure curiosité. C'était de super bons chocolats, tout beaux et brillants, certains enveloppés dans du papier rose, doré ou argenté, d'autres décorés de cerises, de noisettes ou de petites roses en sucre.

– *Miam*, n'ai-je pu m'empêcher de murmurer.

De leur propre chef, mes doigts ont saisi le plus gros chocolat à la cerise. Je lui ai donné un petit coup de langue avant de le fourrer dans ma bouche.

Quand j'ai croqué dedans, une délicieuse saveur m'a fait frétiller les papilles.

– Mmm, ai-je murmuré en tendant à nouveau la main vers la boîte.

– N'en mange pas trop si tu es patraque, est intervenue Cam.

– Tu sais quoi ? Bizarrement, je me sens mieux. C'est le top du top des chocolats. Je suis vraiment obligée d'en proposer aux autres ? Bon, j'en prends juste un, encore, d'accord ? Ta mère ne sait pas ce qu'elle rate. Pourquoi tu n'y vas pas à Noël, alors ?

– Oh... On s'est disputées. On n'arrête pas de se disputer. Je l'ai appelée pour savoir si je pouvais venir accompagnée.

– Avec qui ? Un petit ami ?

– Je t'ai déjà dit que je n'avais pas de petit ami, Jenny. Non, quelqu'un d'autre, mais ça ne lui a pas plu. Puis elle a embrayé sur le fait qu'il fallait que j'aille chez le coiffeur et que je mette une jupe et des talons…

Cam a soupiré.

– Elle est insupportable !

– Mais non ! Tu serais beaucoup mieux bien coiffée, avec une jolie jupe moulante… et qu'est-ce que tu as contre les talons ? Maman ne sort jamais sans.

Je n'aurais pas dû prononcer le mot « maman ». Mon estomac s'est noué. J'en étais à mon quatrième chocolat. Ce n'était peut-être pas une bonne idée.

Cam m'a pris la main.

– Ta maman est sans doute très féminine et sophistiquée. Moi, je suis plus cool. Enfin, ma mère dirait plutôt souillon.

– Hé, Cam, tu crois que maman va venir voir le spectacle ?

Elle a serré ma main dans la sienne.

– Je suis sûre qu'elle aimerait beaucoup y assister. Mais… il se peut qu'elle soit retenue ailleurs.

– Si elle vient, elle va être déçue.

Je me suis approchée de Cam et je lui ai glissé à l'oreille pour que personne ne puisse entendre :

– J'ai été complètement nulle à la répétition, ce midi. J'avais oublié tout mon texte.

– C'est génial, Jenny ! s'est exclamée Cam.

– Génial ? ai-je répété. Ben, merci ! Et moi qui te considérais comme une amie. Selon toi, c'est génial que je subisse une humiliation publique devant l'école entière, les parents d'élèves, tout le foyer et ma propre mère ?

– Je suis ton amie et je sais ce que je dis. Ça porte malheur que la dernière répétition se passe bien. Plus elle est catastrophique, plus le spectacle sera réussi.

– Tu veux rire ?

– Non, non, c'est bien connu dans la profession. Je suis surprise que ta mère ne te l'ait jamais dit. Alors rassure-toi, tu seras parfaite ce soir, Jenny.

– Mais je ne me souviens plus de mon texte, pas un mot ! Qu'est-ce que je vais faire ? Mimer ?

– Je suis sûre que tu es très douée en mime, mais ce ne sera pas nécessaire, je pense. Dès que tu entreras sur scène, tout te reviendra au mot près. Tout est là-dedans, Jenny.

Elle m'a tapoté le crâne.

– Appuie sur le bon bouton et ton texte ressortira naturellement, crois-moi.

Je l'ai dévisagée. Je ne la croyais pas, mais j'étais touchée qu'elle se donne tant de mal pour me rassurer. Je l'ai regardée, avec sa plus belle tenue, son sourire franc et sa drôle de coupe en brosse. Et sans prévenir, je l'ai serrée dans mes bras devant tout le monde.

Un petit gamin maigrichon qui jouait l'Ignorance dans la pièce a demandé :

– C'est ta maman, Jenny ?

– Pas ma vraie maman. Mais c'est comme une mère pour moi.

Cam m'a fait un gros câlin.

– C'est la chose la plus gentille que tu m'aies jamais dite, Jenny.

– Ah, c'est l'esprit de Noël : paix, partage et bla bla bla, ai-je répliqué.

J'ai fait passer la boîte de chocolats à la ronde. J'en ai même proposé un à Justine, ce qui était une perte de temps.

– Non, j'en veux pas, t'as dû baver dessus, a-t-elle affirmé.

Mme Darlow est sortie de son bureau en trottinant pour salir mon beau sol brillant et nous encourager.

Mlle Simpkins est vite venue me rejoindre, toute stressée.

Je lui ai adressé un sourire rassurant en offrant un chocolat à la directrice.

– Bonne chance, Jenny Bell, a-t-elle dit en fourrant un praliné aux noisettes dans sa bouche.

– Faites attention avec vos talons, madame Darlow, ai-je conseillé, prévenante. N'allez pas glisser sur le parquet ciré.

– Ah, oui. Tu t'es donné du mal, Jenny. Il reste quelques traces ici et là mais, dans l'ensemble, c'est du beau travail. Rien ne vaut une bonne dose d'huile de coude. J'ai presque envie de revendre la cireuse pour t'employer à l'année.

– Parce que vous avez une cireuse ? ai-je couiné. Et vous m'avez fait astiquer le parquet à la main ?

– Jenny ! a murmuré Cam.

J'ai pris une profonde inspiration avant de hoqueter :

– Alors que j'aurais pu le cirer en cinq minutes ?

– Oui, mais cela ne t'aurait pas permis de… comment dit-on déjà ? Ah oui, de canaliser ton agressivité ! a conclu la directrice en m'adressant un sourire victorieux.

Je l'ai toisée. Elle m'a toisée. Cam était à ma droite. Mlle Simpkins à ma gauche. Je savais qu'elles retenaient leur souffle.

Soudain, j'ai éclaté de rire.

– Bien joué, madame Darlow. Vous êtes la meilleure.

– Merci. Et toi, sois la meilleure ce soir, Jenny Bell. Éblouis-nous par ton talent.

Elle a slalomé entre les gamins qui pique-niquaient, exécutant une sorte de pas de danse compliqué, puis est sortie de la salle.

Cam et Mlle Simpkins ont soufflé comme des ballons qui se dégonflent.

– *Pffiou !*

– Vous avez cru que j'allais tout gâcher, hein ?

– Eh bien, j'avoue que ça m'a traversé l'esprit, a reconnu Mlle Simpkins.

– Moi, ça m'a traversé et retraversé l'esprit en gambadant et en sautillant, a renchéri Cam.

Elle a examiné la boîte de chocolats, en a choisi un gros à la cerise et me l'a glissé dans la bouche.

– Tiens, championne, tu l'as bien mérité.

– Bon, il faut qu'on commence à se préparer, a annoncé Mlle Simpkins. Allez, les enfants, rangez votre pique-nique, vite, vite. Je veux que les machinistes montent sur scène pour installer les décors. Je viens vous aider dans une minute. Les autres, filez mettre vos costumes. Puis, une fois que vous serez habillés, allez voir Cam pour qu'elle vous maquille.

– Dommage qu'on n'ait pas de vrais costumes, a ronchonné Justine.

– Je suis d'accord, Justine, a répliqué Mlle Simpkins avec aigreur. Mais nous n'avions ni le temps, ni les moyens de vêtir tous les acteurs à la mode victorienne. Nous avons fait de notre mieux avec les ressources disponibles.

En fait, nous restions tous en uniforme d'école avec des manteaux par-dessus pour ceux qui jouaient des hommes. Et sur la tête, nous avions des hauts-de-forme ou des capelines en carton attachées par des

rubans. Les enfants de la chorale de Noël auraient juste une écharpe autour du cou.

Mlle Simpkins avait essayé de faire preuve de créativité pour les costumes des fantômes. Justine, qui jouait l'esprit de Marley, avait un gros bandage autour de la tête et une longue chaîne autour du cou

où pendaient des clés, des cadenas, des porte-monnaie et des tirelires métalliques, attachés à l'aide de fils de scoubidou.

Louise, l'esprit des Noëls passés, portait une robe blanche, un voile, avec ses longs cheveux détachés sur les épaules. Elle valsait sur la pointe des pieds en faisant tournoyer son jupon.

– Moi, j'ai un beau costume !

L'esprit du Noël présent arborait un bonnet de père Noël, une barbe en coton blanc et il avait des feuilles de houx épinglées sur son manteau.

L'esprit des Noëls à venir était vêtu d'un long pardessus en velours noir (en fait, c'était la robe de chambre de Mlle Simpkins !) avec une écharpe noire sur la tête.

Il ne restait plus que Peter et moi. Tiny Tim n'avait pas de tenue spéciale, juste une casquette et une béquille qu'on avait bricolée avec un vieux manche à balai.

Quant à moi, j'avais deux costumes. Je portais ma chemise d'uniforme, avec un pantalon gris et un vieil imper gris fendu derrière pour faire comme une queue-de-pie. Et, pour les scènes nocturnes, j'avais une liquette blanche, un bonnet de nuit et des chaussons à pompons.

Tout le monde a rigolé quand j'ai essayé la chemise de nuit et ils ont commencé à murmurer que c'était celle de Mme Darlow. Alors, j'ai fait une imitation assez irrespectueuse de la directrice en cambrant les reins et remuant le derrière. Les autres ont ri et moi aussi, même si à l'intérieur j'étais tellement retournée que j'avais plutôt envie de pleurer.

Ma mère allait-elle venir ?

Et si elle venait, saurais-je me montrer à la hauteur ?

Je me suis trémoussée de plus belle. Cam m'a attrapée par le col de ma chemise.

– Hé, si tu gardais ton énergie pour quand tu seras sur scène ? Enfile ta tenue de jour et viens me retrouver dans la classe n° 1. Je vais te maquiller en premier, d'accord ?

– Je ne veux pas te servir de cobaye ! ai-je protesté. Tu n'as jamais touché à un fard ou à une poudre de ta vie, Cam.

– Je t'ai dit que j'étais douée pour les maquillages de scène. Fais-moi confiance. Allez, puceron. Il faut que tu te calmes un peu. Pas la peine d'être diplomate avec Mme Darlow pour après te moquer d'elle devant tout le monde. Imagine si elle t'avait vue l'imiter, miss Jenny Bell ?

Nous sommes allées dans la classe ensemble. Cam a sorti une énorme mallette de maquillage. Elle m'a fait asseoir sur une chaise et m'a posé une serviette sur les épaules. Elle m'a brossé les cheveux et les a attachés en un chignon bien serré sur le sommet de ma tête. Puis elle l'a caché sous une drôle de perruque, qui ressemblait à un crâne chauve en plastique rose, avec une couronne de longs cheveux gris qui pendaient tout autour.

– Maintenant, on va te transformer en Scrooge, a-t-elle annoncé en m'étalant un fond de teint pâle sur la figure.

– Hé, attention ! Tu m'en mets dans les yeux !

– Eh bien, ferme-les, nunuche ! Allez, Jenny. Tu veux être crédible dans la peau de ton personnage, non ? Alors, arrête de gigoter et tiens-toi tranquille.

Je suis restée immobile comme une statue, les yeux fermés, tandis que Cam m'appliquait tout un tas de trucs sur le visage. Ensuite, elle m'a collé des machins sur les sourcils. Elle soufflait bruyamment, très concentrée sur son travail, faisant claquer sa langue dès que je remuais un cil. Puis elle m'a donné une petite tape sous le menton.

– C'est bon, Scrooge ! Tu peux y aller !

J'ai ouvert les yeux. Elle m'a tendu un miroir et je me suis retrouvée face à un vieil homme tout ridé, avec des sourcils broussailleux et un teint terreux. J'ai ouvert la bouche, stupéfaite, et les fines lèvres du vieillard se sont entrouvertes également.

C'était moi ! Incroyable ! J'étais transformée !

– Je ne me reconnais plus !

– Normal, tu n'es plus toi. Tu es Ebenezer Scrooge, l'homme le plus cruel de toute la ville.

– On dirait exactement l'illustration du livre que j'ai envoyé à ma mère…

Ma voix s'est brisée.

Cam s'est approchée de moi, plongeant ses grands yeux marron suppliants dans les miens.

– Écoute, Jenny. Tu sais bien que, parfois, ta mère ne peut pas te rendre visite parce qu'elle est en tournage à l'étranger, hein ? Car en vraie professionnelle, elle doit rester concentrée sur son rôle. Et c'est exac-

tement ce que tu dois faire ce soir. Tu n'es plus Jenny Bell, une petite fille qui voudrait tant voir sa maman. Tu es Scrooge, un vieux grincheux solitaire qui n'a ni père ni mère ni personne. Tu hais tout particulièrement cette période de l'année, Noël, parce que tu hais tout le monde et tu penses que ces histoires de partage, de générosité et tout le tralala, ce ne sont que des sornettes. Mets-toi dans la peau du personnage, Jenny. Ne pense à rien d'autre. Reste centrée sur Scrooge.

– Bah, ai-je grommelé. Pousse-toi de là. Je vais retourner à mon bureau. Il faut que j'aille rabrouer mon commis, ce vaurien de Bob Cratchit.

Cam a hoché la tête en souriant.

– Bien sûr, monsieur Scrooge, excusez-moi.

J'ai donc filé m'enfermer dans la classe n° 2 et j'ai arpenté la pièce de long en large en me répétant que j'étais Scrooge, Scrooge, Scrooge. Peter a passé la tête dans l'entrebâillement de la porte pour voir si ça allait.

- Bah, sornettes ! ai-je rugi.

Il a reculé, terrorisé.

– Désolé, Jenny.

– Je ne suis pas Jenny. Je suis Scrooge, jeune ignorant ! Lorsque j'aurai reçu la visite du vieux Marley et des trois esprits de Noël, je changerai du tout au tout et je te traiterai gentiment, presque comme mon propre fils. Mais pour le moment, hors de ma vue !

Peter a disparu en boitillant, appuyé sur sa béquille.

Tant que je suis demeurée toute seule dans mon coin, tout allait bien. Je suis rentrée petit à petit dans la peau de mon personnage, rejouant certaines scènes, pliée en deux comme un vieillard voûté. Hélas, ça s'est gâté quand Mlle Simpkins est venue me chercher.

– Ah, Jenny ! Cam m'a dit que je te trouverais ici. Oh, tu es parfaite en Scrooge. Très impressionnant ! Bon, il reste un quart d'heure avant le lever de rideau. Tu ferais bien de passer aux toilettes, puis de rejoindre les autres dans les coulisses.

Soudain, j'ai complètement paniqué et j'ai oublié que j'étais Scrooge. Je n'étais même plus Jenny, d'ailleurs. Je n'étais qu'une minuscule souris toute tremblante. Je couinais d'une voix étranglée, mourant d'envie de m'accrocher aux jupes de Mlle Simpkins comme un bébé de maternelle. J'aurais voulu me réfugier dans les bras de Cam, mais elle n'avait pas fini de maquiller tous les acteurs.

J'ai dû aller rejoindre Justine La-haine Petitbois, Louise, Peter et les autres. Ils étaient censés attendre dans les coulisses, sagement assis en tailleur, mais évidemment, ils couraient en tous sens, bavardaient, ricanaient et faisaient les andouilles dans leurs costumes. Le rideau rouge était fermé, mais Justine l'a écarté pour jeter un petit coup d'œil dans la salle.

– Je le vois ! Y a mon père ! Il est juste devant ! Hé, papa, papa, salut !

Du coup, tous les gamins se sont rués vers le rideau pour faire coucou à leurs parents.

Tous sauf moi.

Je suis restée derrière. J'ai imaginé toutes ces chaises, alignées dans la salle. Et j'ai pensé à ma mère. J'avais tellement envie qu'elle soit assise sur le devant – mais pas à côté du père de Justine. J'espérais tellement que c'était comme si j'avais des rayons laser à la place des yeux, pour voir au travers du velours rouge. Elle était là, assise au bord de sa chaise, tout sourire. Elle me faisait signe, son cœur rose scintillant au creux de son cou...

Il fallait que je jette un coup d'œil. Juste pour vérifier.

J'ai poussé Justine Gros-derrière Petitbois pour regarder de l'autre côté du rideau. La salle était bondée, presque toutes les chaises étaient prises. Il y avait plein de parents d'élèves, et aussi de petits frères et de petites sœurs qui ne tenaient pas en place. J'ai vu Mary et Mike. J'ai vu Helen. Elle n'avait pas ses bois de renne, mais elle avait glissé une branche de gui sur son oreille (non, mais franchement, qui aurait l'idée saugrenue d'embrasser Helen ?). J'ai vu Cam qui, après avoir transformé chaque enfant en personnage de la pièce d'un coup de houppette magique, se faufilait au premier rang. J'ai vu l'horrible père de Justine avec sa grosse médaille en or et son blouson de cuir moulant. J'ai vu tout le monde… sauf ma mère.

J'ai scruté les rangs, un par un. Elle n'était pas là. Elle n'était pas devant. Elle n'était pas au milieu. Elle n'était pas dans le fond.

Peut-être qu'elle était en retard. En ce moment même elle bondissait de sa limousine, trottinant sur ses talons aiguilles pour traverser la cour de l'école. Elle allait arriver…

Non, pas encore.

Elle serait sûrement là d'une minute à l'autre.

Je fixais le fond de la salle, pleine d'espoir, quand j'ai senti une main sur mon épaule.

– Va prendre ta place sur la scène, Jenny, m'a dit doucement Mlle Simpkins. On va commencer.

– Mais ma mère n'est pas encore arrivée ! ai-je protesté. On ne peut pas attendre encore un peu ? Je ne voudrais pas qu'elle rate le début.

– On va attendre encore une minute, alors. Va t'installer à ton bureau. Je vais rassembler la chorale. Puis il faudra commencer, ma puce.

– Non. Pas tant que ma mère n'est pas là.

– Il va pourtant bien falloir, Jenny. « Le spectacle continue », comme on dit.

Je me moquais bien du spectacle, maintenant. Quel était l'intérêt de jouer Scrooge si ma mère n'était pas là pour me voir ? J'ai posé la main sur ma poitrine. J'avais vraiment mal. Si ça se trouve, mon cœur s'était brisé.

– Je ne suis pas en état de jouer, ai-je affirmé. Je n'ai pas la tête à ça, je ne pense qu'à ma mère.

– Et si tu pensais un peu à moi ? a suggéré Mlle Simpkins. Et à Cam ? Et au petit Peter et à tous les enfants qui ont signé sa pétition ? Tu ne peux pas les décevoir, Jenny.

Je savais qu'elle avait raison. J'ai avalé ma salive pour me débarrasser de la grosse boule que j'avais dans la gorge. J'ai cligné des paupières pour me débarrasser de l'eau que j'avais dans les yeux. Puis j'ai inspiré profondément.

– Bah, sornettes ! ai-je décrété.

Mlle Simpkins m'a souri, puis elle est partie s'occuper des petits chanteurs. Je me suis assise dans mon fauteuil, le dos voûté. Ils ont entonné *Vive le vent.*

Entre mes dents, je fredonnais ma propre version :

Vive le vent, vive le vent, vive le vent d'hiver,
Jenny Bell, la pauvre enfant, attend toujours sa mère.
Vive le vent, vive le vent, vive le vent d'hiver,
Elle devait venir la voir jouer Ebenezer !

Le rideau s'est écarté en froufroutant, découvrant mon étude faiblement éclairée par une unique chandelle. J'étais à mon bureau, les sourcils froncés.

Ça m'énervait d'entendre gazouiller ces gamins avec leurs parents qui s'extasiaient en poussant des « oooh » et des « aaah ».

Ma mère à moi n'était pas là. Elle ne s'était pas donné la peine de venir malgré tous les cadeaux que je lui avais achetés. Elle se fichait pas mal de moi.

Eh bien, je me fichais pas mal d'elle aussi. Je me fichais du monde entier. Je me suis avancée sur la scène à grands pas rageurs et j'ai montré le poing aux petits chanteurs qui me souhaitaient un joyeux Noël.

– Bah, sornettes ! ai-je marmonné. Hors de ma vue !

J'avais l'impression de m'être vraiment changée en Scrooge. Quand mon neveu est venu me présenter ses vœux, je l'ai envoyé promener. J'ai refusé d'aller fêter Noël chez lui. J'ai malmené mon idiot de commis, Bob Cratchit, avant de manger un morceau. J'ai grignoté mon pilon de poulet du bout des dents comme un vieillard tatillon. Et lorsqu'un des petits est venu me voir à quatre pattes, jouant le chien qui quémande un os, je l'ai menacé du poing. Il m'a montré les dents en grognant, alors je lui ai montré les dents en grondant encore plus fort.

Le public a ri. Quelqu'un a murmuré :

– Quel sacré numéro, cette Jenny Bell !

Puis je suis allée me coucher et Justine Monennemie-jurée Petitbois est entrée sur scène, avec son bandage autour de la tête, faisant cliqueter sa longue chaîne chargée de cadenas, de clés et de tirelires.

Son imbécile de père a applaudi à tout rompre avant même qu'elle ait ouvert la bouche et Justine Pas-pro-pour-un-sou Petitbois a complètement oublié qu'elle incarnait le fantôme de Marley. Elle s'est tournée vers le public pour lui faire signe. On aurait dit une gamine de cinq ans au spectacle de la maternelle.

J'ai fait claquer ma langue afin de lui rappeler qu'elle venait me donner un avertissement et qu'elle était censée me faire peur. À contrecœur, elle s'est traînée vers moi, sans quitter son père des yeux. Elle s'est pris les pieds dans sa chaîne et, vu qu'elle ne regardait pas où elle allait, ce qui devait arriver arriva... elle est tombée et s'est étalée par terre comme une crêpe.

Elle est restée à plat ventre sur la scène, hébétée. Elle se mordait les lèvres, retenant ses larmes.

Ça m'a fait mal au cœur. Je savais exactement ce qu'elle ressentait. C'est tellement la honte de se ridi-

culiser devant tout le monde, et surtout devant son père. Je lui ai tendu une main tremblante.

– Est-ce vous, Jacob Marley, mon vieil associé ? C'est pourtant impossible, vous êtes aussi mort qu'un clou de porte.

Ça, c'était dans le texte, ensuite j'ai un peu improvisé :

– Pourtant, je vous reconnais bien là, Marley. Déjà, de votre vivant, vous n'étiez pas bien stable sur vos jambes… et vous n'avez pas changé maintenant que vous êtes mort. Laissez-moi vous aider, mon vieux.

J'ai pris Justine par la main et je l'ai remise debout. Le public a applaudi, impressionné par la façon dont j'avais rattrapé le coup.

– Vous êtes enchaîné, ai-je remarqué, reprenant le texte où je l'avais laissé, dites-moi pourquoi.

– Je porte la chaîne que j'ai forgée pendant ma vie, a répondu Justine en se ressaisissant enfin.

Elle avait l'air complètement désespérée, mais ça faisait partie du personnage.

Ensuite, c'est l'esprit des Noëls passés qui m'a rendu visite. Louise s'était remis du blush et du rouge à lèvres par-dessus le maquillage de Cam. Elle avait plus l'allure d'une fille qui sort en discothèque que d'un fantôme qui revient hanter les vieux grincheux mais, au moins, elle ne s'est pas cassé la figure.

Nous avons joué la scène où le jeune Ebenezer, encore petit garçon, est envoyé dans un internat sinistre d'où il ne peut pas sortir. Un peu comme moi à la décharge publique.

Ça m'a fait penser à ma mère qui m'avait expédiée là-bas et qui ne me rendait jamais visite. Pas même aujourd'hui pour voir ma pièce. Les larmes ont roulé sur mes joues. Je ne pleure jamais, mais là, je n'étais pas Jenny, j'étais Scrooge. Et je jouais tellement bien que j'ai entendu des gens renifler dans le public. Eux aussi, ils étaient émus aux larmes par mon ébouriffante prestation !

Pendant que tout le monde dansait à la soirée des Fezziwig, j'en ai profité pour me moucher dans ma chemise de nuit. Puis le rideau s'est refermé et le chœur s'est rassemblé devant pour entonner *Il est né le divin enfant*.

Dans ma tête, j'ai inventé une autre version :

Elle est douée cette Jenny Bell,
Et elle joue divinement bien.

Elle est douée cette Jenny Bell,
Alors que personne ne veille sur elle.

Mlle Simpkins et ses assistants zélés se sont rués sur la scène. Ils l'ont décorée de bouquets de houx et de gui avant d'y empiler dindes, jambons, tourtes et clémentines en plastique.

Puis le rideau s'est écarté et j'ai passé la tête afin de congédier les petits chanteurs et de faire signe au public de se taire. Le gros Freddy m'est apparu dans sa tenue d'esprit du Noël présent pour m'emmener voir la famille Cratchit.

Peter tremblait des pieds à la tête, complètement terrorisé mais, dès qu'il a posé sa béquille sur la scène, tout le monde s'est extasié :

– Ah ! Il est trop mignon !

Et quand il a dit : « Dieu nous bénisse tous ! », ils ont applaudi à tout rompre.

Ce pleurnichard de Peter me volait la vedette !

Hé, une minute ! C'était moi, la star. J'étais Scrooge ! Tous les applaudissements devaient être pour moi ! Mais Peter était mon ami, il s'était donné tellement de mal pour moi. Ma gorge s'est serrée. Il m'aimait tellement. Et je l'aimais aussi. Sincèrement. En fin de compte, ça me faisait plaisir qu'il ait du succès. Lorsque l'esprit du Noël présent m'a annoncé que Tiny Tim allait mourir, j'ai crié du fond du cœur :

– Non, non ! Oh, non, bon esprit, dites qu'il sera épargné !

Juste avant que minuit ne sonne, deux tout petits gamins – les plus riquiquis que Mlle Simpkins avait pu trouver – sont sortis de sous le manteau de l'esprit, incarnant la Misère et l'Ignorance.

Puis, dans sa longue robe noire, s'est avancé sur scène le dernier des trois fantômes, le sinistre esprit des Noëls à venir. L'éclairage était très faible, comme si nous cheminions tous deux à travers la nuit. Nous sommes d'abord passés chez les Cratchit. Sans Tiny Tim, la maison avait perdu toute sa joie. Et, enfin, nous sommes entrés dans un cimetière. Mlle Simpkins a éclairé avec le faisceau de sa torche une grande tombe en carton où j'ai lu mon nom : EBENEZER SCROOGE. Tremblant de tout mon corps, je me suis jetée à genoux.

- Oh, esprit, de grâce, dites-moi que je puis effacer le nom inscrit sur cette stèle. J'ai bien compris la leçon. J'honorerai Noël du fond de mon cœur et je m'appliquerai à en entretenir le culte toute l'année.

Soudain, les lumières se sont rallumées. J'ai sauté dans mon lit en un éclair et j'ai fait mine de me réveiller. Le chœur chantait *On vous souhaite un joyeux Noël* juste sous mes fenêtres. J'ai bondi en rejetant mes couvertures, j'ai valsé un peu dans ma chemise de nuit, puis je me suis penchée pour les interpeller.

– Je vous souhaite un joyeux Noël également, mes petits gars ! Un joyeux Noël et une bonne année. Je suis un homme neuf, foi d'Ebenezer Scrooge, et je vais dorénavant mener une vie heureuse.

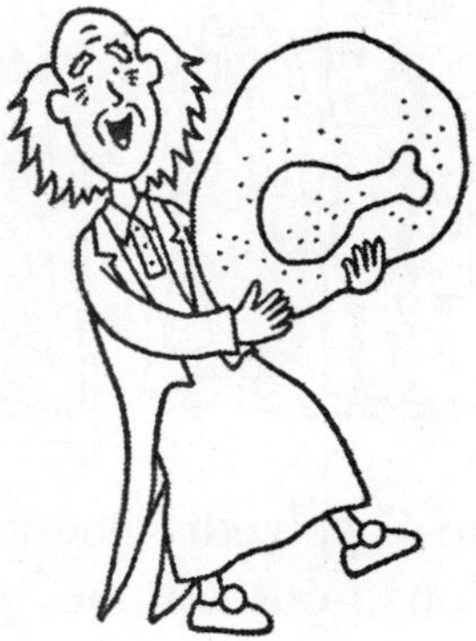

Les cloches ont sonné tandis que je gambadais gaiement. J'ai enfilé mon manteau par-dessus ma chemise de nuit et j'ai quitté la scène en titubant sous le poids d'une dinde presque aussi grosse que moi. J'ai invité tout le monde à la maison pour Noël. Tous les acteurs se sont entassés sur la scène pour déguster des tartelettes en plastique et boire du faux vin – même le fantôme de Marley et les trois esprits de Noël. Puis nous avons entonné *On vous souhaite un joyeux Noël* tous en chœur.

J'ai donné un coup de coude à Peter pour qu'il crie : « Que Dieu nous bénisse, tous autant que nous sommes ! »

Un tonnerre d'applaudissements a retenti. Encore et encore. Nous nous sommes pris la main pour saluer. Les quatre esprits ont salué tout seuls. Puis Peter s'est avancé pour saluer à son tour. Il était tellement excité qu'il a esquissé une petite danse à cloche-pied en agitant sa béquille, ce qui a déclenché l'hilarité du public.

Ensuite, mon tour est venu. Je me suis avancée devant les autres. Cam, Mary, Mike et Helen se sont levés pour applaudir à tout rompre. Mlle Simpkins

applaudissait depuis les coulisses. Et même Mme Darlow, dans le fond de la salle, applaudissait aussi. Tous les parents d'élèves applaudissaient.

Mais pas ma mère. Parce qu'elle n'était pas là.

C'était mon heure de gloire. J'avais joué Scrooge et j'avais bien joué. Très bien. À la perfection. Le public criait :

– Bravo !

– Super, Jenny !

– Quelle star !

Ma mère n'était pas là pour le voir. Elle s'en fichait.

Je souriais de toutes mes dents, mais j'étais obligée de cligner des yeux sans arrêt. Crise de rhume des foins imminente !

Mlle Simpkins est montée sur scène pour me remettre un énorme bouquet de roses rouges et de lys blancs entouré d'un gros ruban de satin rouge.

– Il vient juste d'être livré, Jenny. C'est pour toi, a-t-elle dit en me le tendant.

Il était accompagné d'une petite carte :

Félicitations, ma petite star.
J'aurais aimé voir ça.
Je t'embrasse,

Maman

– C'est ma mère ! me suis-je écriée.

Mais le petit mot s'est révélé fatal pour mes problèmes de rhume des foins. Enfin, tout le monde sait que les fleurs provoquent parfois des réactions allergiques. Je ne pleurais pas. Je ne pleure jamais.

Ensuite, nous avons fait la fête dans la salle, avec un super buffet de Noël. Cam m'a serrée dans ses bras en murmurant qu'elle était extrêmement fière de moi.

– Tu as été géniale, Jenny ! Et toi qui racontais que tu avais oublié ton texte !

– J'étais pourtant persuadée que je ne m'en souvenais plus. Je n'avais pas l'impression de jouer. J'avais l'impression que c'était vrai.

– Ah, ah ! Ça prouve que tu es une véritable actrice, a affirmé Cam.

– Comme ma mère.

– Comme ta mère.

Elle m'a souri.

– Dis, elles sont magnifiques, tes fleurs ! C'est vraiment adorable de sa part. Tu imagines, un gros bouquet de star !

– Ouais. Et puis il y a un gentil petit mot. Tu as vu ce qu'elle m'a écrit ?

– Oui, Jenny.

– Le seul problème…

J'ai avalé ma salive avant de compléter :

– … c'est que ce n'est pas son écriture.

J'ai regardé Cam droit dans les yeux. Elle n'a pas détourné la tête. Elle a soutenu mon regard.

– Évidemment, Jenny. Elle a dû passer la commande par téléphone, dicter son message et c'est le fleuriste qui l'a noté sur la carte.

– Oh…

J'ai dégluti à nouveau. Mon canapé au saumon me semblait bien bourratif tout à coup.

– Tu ne me mènes pas en bateau, hein, Cam ?

– Personne ne peut mener Jenny Bell en bateau, enfin.

– Mm. Tu trouves que c'est gentil de sa part, alors. Mais ça aurait été encore plus gentil de venir me voir.

– Je suis sûre qu'elle serait venue si elle avait pu.

– Tu crois qu'elle passera quand même me chercher pour Noël ?

– Eh bien… peut-être, oui, a répondu Cam.

– Et peut-être que non, ai-je repris. Alors qu'est-ce que je vais faire, moi ? Je déteste passer le 25 décembre à la décharge publique. Mary et Mike ont beau se donner du mal, ils ont toujours deux ou trois petits cramponnés à leurs baskets et on ouvre nos paquets trop vite et on pleure parce qu'on aurait préféré avoir le cadeau du voisin et il n'y a jamais assez de piles et, de toute façon, la plupart des jouets ne marchent pas. On regarde la télé, mais toutes les émissions, tous les films parlent d'un joyeux Noël en famille, et nous, on n'est pas en famille. Il y a de la dinde et du pudding parce que Mary veut respecter les traditions pour qu'on fête Noël comme les autres, sauf que j'aime pas vraiment ni la dinde ni le pudding – mais je mange trop quand même – et puis après, on est censés faire des jeux super marrants sauf que les petits sont trop fatigués pour jouer et que les grands ont juste envie d'aller s'enfermer dans leur chambre et quelqu'un pique une crise parce qu'il en a marre et que c'est complètement nul. À vrai dire, en général, ce quelqu'un, c'est moi.

– Mm, a murmuré Cam. Visiblement, nous avons

toutes les deux une aussi mauvaise expérience de Noël. Tu sais quoi, Jenny ? On n'a qu'à le passer ensemble. Et si tu venais chez moi ?

– Excellente idée, ai-je répondu.

C'est donc ce qu'on a fait.

Le matin du 25 décembre, je me suis réveillée très tôt et j'ai ouvert mes paquets, tranquille, toute seule.

Mary m'a offert un jean trop cool et un CD ; Mike, des baskets et un super vernis à ongles noir ; Helen, un petit ours en peluche bleu – beurk, beurk, beurk !

Comme Peter m'avait offert un yoyo argenté, j'ai décidé de lui donner le nounours.

Ma mère ne m'a rien offert du tout.

J'imagine qu'un bouquet de roses et de lys, ça coûte très cher. Et puis, les acteurs n'ont pas de revenus réguliers. Peut-être que maman était un peu juste en ce moment.

Mais, avec un peu de chance, la potion magique de Grizelda de Luna allait fonctionner et ma mère allait surgir, les bras chargés de cadeaux. Enfin, malgré tout, je n'avais plus beaucoup d'espoir. Visiblement, je n'allais pas passer cette occasion spéciale avec l'être aimé. À moins que... peut-être que Cam pouvait être considérée comme mon être aimé ? Et peut-être que j'étais son être aimé ??? Si ça se trouve, nos deux sorts avaient super bien marché !

Je savais que Cam ne roulait pas sur l'or, alors je ne m'attendais pas à un beau cadeau. Elle est arrivée au foyer très très tôt, avec un gros bonnet, une écharpe, des moufles, un pull épais et des chaussettes, tout ça en laine.

– Joyeux Noël, Cam ! Dis, tu as mis une culotte en laine, sous ton jean ? Où tu vas, emmitouflée comme ça ? Et tu es super en avance. On n'a même pas encore pris le petit déj'. Tu veux manger avec nous ?

– Joyeux Noël, Jenny. Il faut que tu te couvres aussi. On va se promener. On petit-déjeunera à l'extérieur, d'accord ?

Elle nous a conduites jusqu'à un grand parc. Il ne neigeait pas mais, comme il était tôt, tout était encore blanc de givre, ça faisait très Noël.

– En route ! a lancé Cam après avoir garé la voiture.

Elle a ouvert la portière. Il faisait un froid de loup, je n'étais sûrement pas assez couverte.

– Il gèle, Cam ! ai-je protesté. On peut pas rester dans la voiture ?

– On va marcher un peu, Jenny, ça nous ouvrira l'appétit pour le petit déjeuner.

– Ben, va marcher, toi, si tu veux. Moi je te regarde d'ici !

Elle m'a tirée dehors, m'a enfoncé son bonnet sur la tête, m'a enroulé son écharpe autour du cou comme si elle emmaillotait une momie, puis elle m'a prise par la main.

– Voilà, tu es bien au chaud. Allons-y !

– J'aime pas beaucoup marcher dans la campagne, Cam. Je ne suis pas sportive. Regarde mes jambes, on dirait des allumettes.

Je me suis mise à boiter comme Tiny Tim, avec les genoux en dedans.

– Suis-moi. On va prendre ce chemin-là, entre les arbres. Tu vas voir ce qu'il y a au bout, ça va te plaire.

Je savais ce qu'il y avait au bout. Un paysage. Avec plein d'arbres et une ou deux collines. Je ne voyais pas l'intérêt. Enfin, bon, c'était Noël, je ne voulais pas faire ma peste. En soupirant, j'ai trottiné derrière Cam. Je ne comprenais pas le plaisir qu'il y avait à marcher dans le froid, surtout le ventre vide.

– Je ne voudrais pas avoir l'air de râler, mais j'ai l'estomac qui gargouille. Il panique : « Jenny, Jenny, où sont passés mes cornflakes ? »

– On va bientôt manger, promis, a répondu Cam en riant.

– On va pique-niquer ?

Ça me semblait une drôle d'idée à cette période de l'année. En plus, Cam n'avait pas de panier à la main.

Pas même un petit sac plastique. Elle avait peut-être un sandwich caché dans sa poche ? En tout cas, ce serait un pique-nique riquiqui, alors que je mourais de faim.

Cam et moi, nous n'étions pas les seules embarquées dans cette folle aventure. Le parking était bondé et il y avait des tas de mabouls emmitouflés comme des bonshommes de neige qui titubaient dans le froid glacial, avançant tous dans la même direction. À croire qu'une force extraterrestre avait pris le contrôle de nos esprits et nous attirait vers un endroit mystérieux.

Nous sommes arrivées à un croisement. Au loin, j'ai aperçu un grand lac. Et des tas de gens dedans. Non, attendez, ils étaient dessus, ils glissaient.

– Ils font du patin à glace ! me suis-je exclamée.

– Ouaip, a confirmé Cam.

– On peut en faire aussi ?

– On va essayer.

– Mais on n'a pas de patins !

– Ils en louent, Jenny, j'ai vérifié. Et, en plus, ils proposent un petit déjeuner spécial Noël !

– Waouh, alors tu avais tout prévu ! Oh, Cam, tu es géniale !

Je l'ai serrée dans mes bras, puis nous avons filé vers le lac. Il y avait un grand camion où l'on pouvait avoir des croissants et du chocolat chaud nappé de crème. Nous avons commencé par manger pour prendre des forces avant de louer nos patins et de nous aventurer sur la glace, main dans la main.

Je m'étais imaginée glissant tel un cygne sur le lac, et tourbillonnant gracieusement, comme les patineuses à la télé. Tu parles ! Je titubais, on aurait dit que j'étais saoule, ouh là, ho, oups… et *bong !* j'ai

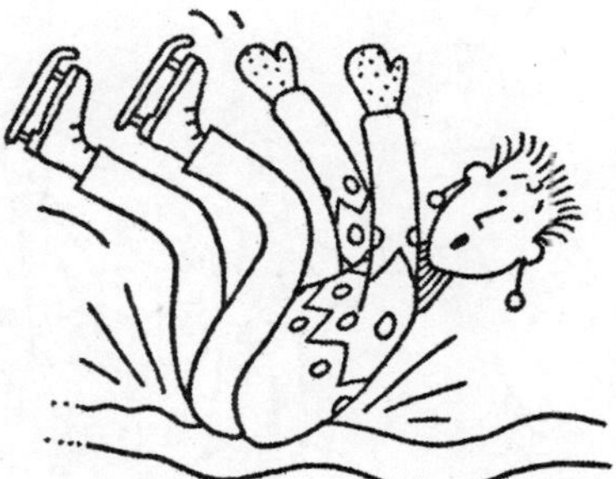

atterri sur les fesses. Cam m'a aidée à me relever en se mordant les lèvres pour ne pas rire.

– Regarde, Jenny, écarte les pieds comme ça…

Elle a voulu me faire une démonstration, mais un groupe de gamins l'a bousculée. Elle a tangué, vacillé… et *bong !* elle a atterri sur les fesses aussi.

Nous avons ri en chœur.

– Finalement, ta culotte en laine, ce n'était pas une si mauvaise idée. Je crois qu'il nous faudrait des derrières rembourrés, a-t-elle suggéré, alors que je la tirais par la main.

Cramponnées l'une à l'autre, nous avons réessayé. Cette fois, nous avons fait le tour du lac en boitillant. Je commençais à prendre de l'assurance. J'ai tenté de glisser un peu.

Pas mal ! Alors j'ai recommencé, droite, gauche, *wizzz !* Je me suis élancée, sauf que je ne savais pas m'arrêter. J'ai foncé dans un groupe de petits… et je les ai tous fait tomber comme des quilles.

– Hé, doucement, Jenny Bulldozer, a fait Cam en nous aidant à nous relever.

Nous avons patiné pendant plus d'une heure. À la fin, on ne comptait même plus le nombre de fois où on était tombées. Mais quand on arrivait à glisser quelques secondes, on se prenait pour de vraies championnes !

– On a bien mérité un deuxième petit déjeuner, après tous ces efforts, a décrété Cam.

Et nous avons englouti un autre croissant et une nouvelle tasse de chocolat chaud.

Ensuite, nous sommes rentrées chez Cam. J'ai découvert un petit sapin au milieu du salon.

– Je n'en achète jamais, d'habitude, mais ils les vendaient à moitié prix hier, au marché, alors j'ai craqué !

– Il est un peu nu, comme ça, si je puis me permettre. On n'est pas censé y accrocher des boules, des guirlandes et des petites lumières ? ai-je demandé.

– Bien sûr ! Mais je me suis dit que ce serait plus sympa de le faire ensemble. Regarde, toutes les décorations sont dans ce grand sac plastique.

– Génial ! À la décharge publique, on ne fait jamais de vrai sapin parce que les petits sont tellement bêtes qu'ils risqueraient de prendre les boules pour des pommes et les grands chahutent tellement qu'ils le renverseraient en moins de deux minutes. Mais j'ai toujours rêvé de décorer mon arbre de Noël !

– Alors vas-y ! Pendant ce temps, je vais m'occuper du déjeuner. Je sais que tu n'aimes pas trop la dinde, et moi, je ne mange presque plus de viande... Qu'est-ce que tu dirais d'un gratin de légumes au tofu ?

– Mmm ! Ça a l'air dé... goûtant !

– Mouais, je m'en doutais. De toute façon, je déteste passer des heures en cuisine. Si on se faisait des frites et des œufs au plat ?

– Ah ! En voilà une bonne idée ! Avec plein plein de ketchup ?

– Tu pourras vider la bouteille dans ton assiette, si tu veux. C'est Noël ! Bon... qu'est-ce qu'il nous faut d'autre ? On a un sapin. Je vais préparer notre festin. Mais il manque un truc pour que ce soit vraiment Noël. Qu'est-ce que ça peut bien être ? Ah, oui ! Les cadeaux !

Elle a ouvert un placard et en a tiré trois paquets emballés dans un joli papier père Noël avec du ruban rouge.

– Oh ! Tout ça pour moi ?

– Voyons... je lis « Jenny Bell » sur toutes les étiquettes. Et comme c'est ton nom, on peut donc raisonnablement penser qu'ils te sont destinés.

J'étais super super super heureuse. Cam m'avait acheté des tas de cadeaux géniaux.

Et en même temps, j'étais super super super mal car je n'avais rien prévu pour elle.

– Ouh là, pourquoi tu fais cette tête ? Il n'y a pas assez de paquets ? m'a-t-elle taquinée.

– Si, mais il n'y a pas de cadeaux pour toi, Cam ! ai-je gémi.

– Mais si ! Je les ai déjà ouverts. Ma mère m'a offert un foulard en soie, le genre de truc que je ne porterai jamais. Et un porte-cartes en cuir pour mettre mes cartes de crédit alors que je n'ai pas un sou sur mon compte. En revanche, mes amies m'ont gâtée. Jane m'a offert le bonnet, l'écharpe et les moufles, et Liz, une boîte de chocolats et un chèque-cadeau pour acheter des livres.

– C'est quoi, un chèque-cadeau ? ai-je voulu savoir.

– Une petite carte qui vaut une certaine somme d'argent. Tu vas dans une librairie et tu peux t'acheter les livres que tu veux avec.

– Ah, oui ? Super !

– Allez, ouvre vite tes paquets !

J'ai commencé par le plus lourd. C'était dix livres de poche pour enfants – un peu cornés et abîmés.

– Ils sont d'occasion. Je les ai dénichés chez les bouquinistes, a avoué Cam.

Je les ai examinés d'un œil soupçonneux.

– Des classiques… Ça ne risque pas d'être un peu… ennuyeux ?

– Ah bon ? Tu t'es ennuyée en lisant *Un chant de Noël* ? Non ! C'étaient mes romans préférés quand j'avais ton âge. La super sélection des meilleurs bouquins pour enfants par Cam Lanson. Si tu n'en veux pas, je serai ravie de les relire. *Les Quatre Filles du Dr March* raconte les aventures de quatre sœurs qui adorent le théâtre et les romans de Charles Dickens. Jo va te plaire, c'est un vrai garçon manqué et elle veut devenir écrivain.

« Puis il y a *Black Beauty*, une fabuleuse histoire de chevaux avec un passage très triste qui me fait toujours pleurer mais qui est génial quand même. *La Petite Fadette* est une gamine pas comme les autres, mais qui finit par trouver le grand amour et réussir sa vie.

« *Le Vent dans les saules* raconte l'amitié d'une taupe et d'un rat avec leur autre copain, M. Crapaud,

qui a la grosse tête, c'est très amusant. *Cinq enfants et moi* est aussi très drôle : les héros trouvent une fée des sables qui peut réaliser tous leurs vœux mais, à chaque fois, ça tourne mal.

– Je connais ça, ai-je remarqué en reniflant.

– Et puis il y a *Mary Poppins*. Le livre est bien mieux que le film. Je suis une fan absolue de Tom Sawyer parce qu'il fait des tas de bêtises et se

retrouve toujours dans le pétrin. Tu pourrais également essayer *Anne et la maison aux pignons verts* – ça parle d'une petite fille qui est orpheline et qui n'arrête pas de parler. Je parie que tu vas t'identifier à ces deux-là.

« Je suis sûre que tu vas aimer *Le Jardin secret* parce que l'héroïne, Mary, est odieuse et extrêmement malpolie avec tout le monde. En plus, elle est obligée de vivre dans une demeure immense d'une centaine de pièces au fin fond du Yorkshire. *À nous deux* devrait te plaire, car ça parle de sœurs jumelles qui veulent être actrices. Et il y en a une qui a beaucoup de talent, comme toi, Jenny !

– D'accord, d'accord, j'y jetterai un œil, ai-je promis. Et puis, je peux toujours les prêter à mes amis, non ? Je crois que Peter devrait aimer le bouquin sur la taupe, le rat et le crapaud.

Ensuite, j'ai ouvert le deuxième paquet, le plus gros. C'était un grand carnet à dessin, avec un seau entier de feutres et un assortiment de pâte à modeler de toutes les couleurs. Flambant neufs !

– Il est temps de te constituer une petite réserve de fournitures au lieu que tu dévalises sans cesse le placard de cette pauvre Helen.

– Oh, waouh ! Ça, je ne les prêterai à personne !

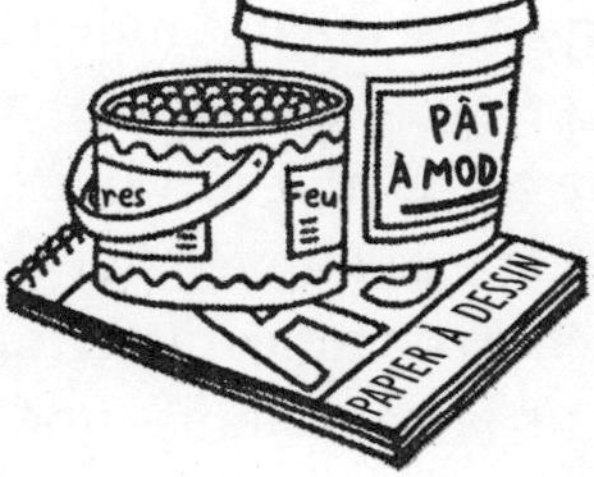

Enfin, j'ai déballé le dernier paquet, le plus petit, et j'ai découvert une boîte noire. Je l'ai ouverte... c'était une broche en argent en forme d'étoile !

– Pour toi, Jenny Bell, la meilleure actrice de l'école ! a déclaré Cam en l'épinglant sur mon T-shirt.

Je l'ai serrée fort fort fort dans mes bras.

Puis, j'ai décoré le sapin, accrochant avec précaution les boules, les pères Noël en chocolat, les oiseaux multicolores et les petits glaçons brillants, tandis que Cam faisait serpenter la guirlande électrique entre les branches. Lorsque nous l'avons allumée, c'était magique ! Notre arbre était féerique !

J'ai ensuite aidé Cam à préparer le déjeuner. Elle m'a fait éplucher les pommes de terre. Quelle découverte : je n'avais jamais soupçonné que c'était de

cette manière qu'on faisait les frites ! À la décharge publique, elles sortent de grands paquets surgelés, déjà pelées et tranchées. J'ai épluché une tonne de patates en sifflotant.

– Du calme, miss. Nous ne sommes que deux.

– Oui, mais au foyer, je n'en ai jamais assez.

– OK, c'est Noël, après tout. Aujourd'hui, tu peux manger jusqu'à exploser.

Elle n'a pas voulu que je les fasse cuire dans sa grande friteuse, mais elle m'a laissée m'occuper des œufs au plat et ça m'a bien amusée.

Nous nous sommes servi une montagne de frites couronnée d'un œuf au plat, tel un sommet enneigé. J'ai ajouté une avalanche de ketchup sur la mienne, puis nous avons attaqué. J'ai mangé, mangé, mangé. C'était délicieux.

– Je suis la reine des œufs-frites, ai-je décrété en me léchant les babines. Je pourrais peut-être devenir une grande cuisinière, en plus d'un écrivain à succès et d'une star de cinéma.

Cam a englouti vaillamment ses frites, mais elle a déclaré forfait à la moitié. Nous avons pris des clémentines pour le dessert, puis elle a ouvert la boîte de chocolats de Liz et nous en avons croqué quelques-uns.

Elle a déboutonné son jean avant de s'allonger sur le canapé en gémissant, tandis que j'installais mon atelier de création sur la table basse avec mon nouveau matériel.

Cam s'est massé le ventre, a pris un livre et m'a lu le premier chapitre des *Quatre Filles du Dr March* qui

se passe justement à Noël. C'est vieillot, mais sympa. Meg est un peu gentillette à mon goût, Beth est une vraie poule mouillée et Amy fait trop la coquette, mais j'adore Jo.

Au bout d'un moment, la voix de Cam a déraillé et elle s'est endormie. Moi, j'ai continué mon petit atelier. Quand elle a commencé à se réveiller, en bâillant et en s'étirant, je suis allée lui préparer une tasse de thé. Personne ne m'avait jamais montré comment faire, mais je ne suis pas complètement idiote.

– Merci, Jenny ! s'est écriée Cam.

Elle en a bu une gorgée.

– Mm, délicieux !

(Je l'ai vue retirer discrètement quelques sachets de thé de sa tasse et essayer de repêcher les morceaux de sucre pas encore fondus, mais elle n'a fait aucun commentaire, et moi non plus.)

– J'ai des cadeaux pour toi, en fin de compte. Regarde sur la table basse, ai-je annoncé fièrement.

Cam a failli renverser sa tasse.

– Oh, ça alors ! Une armée de petites Jenny Bell !

– Pas mal, hein ? Elles sont en pâte à modeler. Le visage rose, le pull rouge, la jupe bleue, ça allait, mais j'ai eu un mal fou à faire mes cheveux bouclés.

– Elles sont toutes pour moi ? s'est étonnée Cam.

– Non, non. Tiens, toi, prends celle-ci. C'est la plus réussie, elle fait un grand sourire. Il y en a une pour Peter, une pour Mary, une pour Mike, une que j'offrirai à Mlle Simpkins à la rentrée et puis j'imagine que je suis obligée d'en donner une à Helen.

– Quelle bonne idée. Tiens, je vais poser ma précieuse statue de Jenny Bell sur mon bureau, comme ça, elle me tiendra compagnie quand j'écris.

– Attention, ne l'écrabouille pas de rage si tu sèches, hein ! Tiens, un autre cadeau.

Je lui ai tendu un morceau de papier plié en deux avec un dessin de moi.

– Oh, une carte de vœux ! Merci !

– Non, ce n'est pas une carte. C'est un Jenny-chèque, ai-je expliqué. Tu sais, un peu comme un chèque-cadeau, sauf que ça ne te donne pas droit à des livres mais à des Jenny-cadeaux ! Regarde à l'intérieur.

J'avais écrit :

Pour Cam. Joyeux Noël !

Je, soussignée Jenny Bell, promets de te faire mes fameux œufs-frites chaque fois que je viendrai chez toi.  Et tu auras même droit à DEUX œufs sur tes frites pour ton anniversaire.

Si un jour je deviens un grand chef et que j'ouvre un restaurant chic, je mettrai mes œufs-frites au menu en les intitulant « Assiette de Noël à la Cam ».

Si je deviens un écrivain à succès, je te dédierai mon deuxième livre. J'espère que ça ne t'embête pas, mais le premier sera dédié à ma mère.

Si je deviens une actrice célèbre, tu seras mon coach.

Si tu suis bien tes cours et si tu deviens ma famille d'accueil, je serai la plus chouette fille adoptive du monde.

Bisous,

Jenny

Cam l'a lu jusqu'au bout, les larmes aux yeux.

– Oh, Jenny ! s'est-elle exclamée. C'est le plus beau cadeau de Noël de ma vie. Et je suis sûre que tu seras la meilleure fille adoptive de l'univers. Forcément, tu es Jenny Bell !

Oui, je sais ! Je suis la géniale et belle Jenny Bell !

Avant de me coucher, ce soir-là, de retour au foyer, j'ai embrassé la photo de ma mère.

– J'espère que tu as passé un joyeux Noël, maman, ai-je murmuré. On le fêtera peut-être ensemble l'an prochain, hein ?

Puis je me suis allongée en fredonnant une petite chanson de Noël dans ma tête :

Douce nuit, sainte nuit,
Jenny s'endort, dans son lit.
Ma mère n'est pas venue pour Noël,
Mais j'ai passé une bonne journée sans elle.
J'aime beaucoup maman, mais Cam est là, heureusement.
Maintenant je vais m'endormir dans mon lit,
Pour une douce douce nuit !

Jacqueline Wilson

L'auteur

Jacqueline Wilson est née à Bath, en Angleterre, en 1945. Fille unique, elle se retrouvait souvent livrée à elle-même et s'inventait alors des histoires. Elle a toujours rêvé d'être auteur et a écrit son premier roman à neuf ans ! Elle se souvient ensuite, adolescente, avoir rempli des dizaines de cahiers. À seize ans, elle devient journaliste d'un magazine pour adolescentes qui porte son nom : *Jackie*. Après son mariage et la naissance de sa fille Emma, Jacqueline Wilson travaille pour différents journaux. À vingt-quatre ans, elle écrit une série de romans policiers pour adultes puis se lance dans l'écriture de livres pour enfants, domaine qu'elle n'a plus quitté depuis 1990. Ses histoires, pleines d'émotion, de vérité et d'humour, font d'elle un écrivain majeur de la littérature jeunesse, adorée de ses millions de lecteurs (et lectrices !), et l'auteur le plus emprunté dans toutes les bibliothèques britanniques. Children's Laureate de 2005 à 2007, c'est une formidable ambassadrice du livre pour enfants. Grande lectrice, elle possède des milliers de livres.

Du même auteur chez Gallimard Jeunesse

Le Site des soucis, Folio Cadet n° 440
Lulu Bouche-Cousue, Folio Cadet n° 425
Ma chère momie, Folio Cadet n° 419
Soirée pyjama, Folio Cadet n° 465

À nous deux ! Folio Junior n° 966
La Double Vie de Charlotte, Folio Junior n° 910
Lola Rose, Folio Junior n° 1335
Ma meilleure amie, Folio Junior n° 1387
Maman, ma sœur et moi, Folio Junior n° 1037
Mon amie pour la vie, Folio Junior n° 1301
Poisson d'avril, Folio Junior n° 1241
Reviens, papa ! Folio Junior n° 1441
Un cœur brisé, Folio Junior n° 1488

Les aventures de Jenny B.
La Fabuleuse Histoire de Jenny B., Folio Junior n° 1267
Un nouveau défi pour Jenny B., Folio Junior n° 1424

Les Malheurs de Millie Plume, Grand Format littérature

Kiss, Scripto

Nick Sharratt

L'illustrateur

Né à Londres en 1962, **Nick Sharratt** a toujours aimé dessiner. Diplômé de la St Martin's School of Art de Londres en 1984, il devient illustrateur de livres pour enfants, et travaille également pour la presse. Il met en images tous les livres de Jacqueline Wilson, depuis leur première collaboration, en 1991, pour *La fabuleuse histoire de Jenny B*. Ses dessins, pleins d'humour et de malice, s'harmonisent parfaitement au style de chacune des histoires de Jacqueline. Il est également auteur et illustre ses propres albums, toujours très drôles et inventifs.

Découvre les autres aventures
de **Jenny B.**

dans la collection
folio junior

LA FABULEUSE HISTOIRE DE JENNY B.

n° 1267

« Il était une fois une petite fille qui s'appelait Jenny Bell… » On dirait le début d'un conte de fées. Pourtant ma vie n'a rien d'un conte de fées. J'ai dix ans, j'habite dans un foyer pour enfants parce que ma mère est partie… Enfin, je suis sûre qu'elle reviendra me chercher. En attendant, j'ai décidé d'écrire mon histoire, une histoire qui finira bien, j'espère !

UN NOUVEAU DÉFI POUR JENNY B.

n° 1424

Quand Cam a décidé de m'adopter, j'étais folle de joie. Sauf que ce n'est pas toujours rose entre nous. Elle refuse de m'acheter des vêtements de marque et je déteste mon école. Alors au lieu d'aller en cours, j'invente des défis terribles avec mes copains. Mais maintenant, ma vraie mère veut me revoir, c'est comme un conte de fées... ou presque...

Le papier de cet ouvrage est composé de fibres naturelles, renouvelables, recyclables et fabriquées à partir de bois provenant de forêts plantées et cultivées expressément pour la fabrication de la pâte à papier.

Mise en pages : Maryline Gatepaille

Loi n° 49-956 du 16 juillet 1949
sur les publications destinées à la jeunesse
ISBN : 978-2-07-061478-3
Numéro d'édition : 244829
Numéro d'impression : 113135
Premier dépôt légal dans la même collection : septembre 2009
Dépôt légal : juin 2012

Imprimé en France par CPI Firmin-Didot